Contes Choisis

Rudyard Kipling

1918

© 2024, Rudyard Kipling
Édition : BoD • Books on Demand GmbH, In de Tarpen 42,
22848 Norderstedt (Allemagne)
Impression : Libri Plureos GmbH, Friedensallee 273,
22763 Hamburg (Allemagne)
ISBN : 978-2-3225-4185-0
Dépôt légal : Octobre 2024

TABLE DES CONTES

☙

LA PLUS BELLE HISTOIRE DU MONDE

UN FAIT

AMOUR-DES-FEMMES

L'HOMME QUI VOULUT ÊTRE ROI

LA PORTE DES CENT MILLES PEINES

LA PLUS BELLE HISTOIRE DU MONDE

Il s'appelait Charlie Mears ; fils unique de sa mère, laquelle était veuve, il habitait le nord de Londres, d'où il venait chaque jour à la Cité travailler dans une banque. Il avait vingt ans et débordait d'aspirations. Je le rencontrai dans un « billiard saloon »[1] où le marqueur l'appelait par son petit nom, tandis qu'il appelait le marqueur « Bull's eye ». Charlie m'expliqua, un peu nerveusement, qu'il n'était venu là que pour regarder ; et, comme ce n'est point un amusement bon marché pour les jeunes gens que de regarder les jeux d'adresse, je suggérai que Charlie ferait mieux de retourner chez sa mère.

Ce fut notre premier pas vers plus ample connaissance. Il venait me voir quelquefois, les soirs, au lieu de courir Londres avec les autres commis, ses camarades ; et il ne tarda pas, à la manière des jeunes hommes, à me parler de lui-même et à me raconter ses aspirations qui étaient toutes littéraires. Il désirait se faire un nom impérissable, principalement en poésie, bien qu'il ne dédaignât pas d'envoyer des histoires d'amour et de mort à des journaux de distributeurs automatiques. Mon destin voulut que j'écoutasse, immobile, tandis que Charlie me lisait des poèmes de plusieurs centaines de vers et de volumineux fragments de pièces appelées sûrement un jour à remuer le monde. En retour j'avais sa confiance sans réserves, et les aveux comme les inquiétudes d'un jeune homme sont presque aussi sacrés que ceux d'une vierge. Charlie n'était jamais tombé amoureux, mais attendait avec anxiété la première occasion de le faire ; il croyait en tout ce qui est bon, tout ce qui est honorable, mais, en même temps, tenait singulièrement à me laisser voir qu'il savait se tirer d'affaire dans la vie en bon commis de banque à vingt-cinq shillings par semaine. Il faisait rimer « amours », « toujours » ; « lune », « brune », pieusement convaincu qu'on ne les avait jamais fait rimer auparavant. Les grands vides où boitait l'action de ses pièces, il les remplissait à la hâte d'excuses et de descriptions, et passait outre, si clairement persuadé de ce qu'il voulait faire qu'il le tenait pour déjà fait, et se tournait vers moi en quête d'applaudissements.

J'imagine que sa mère ne l'encourageait pas dans ses aspirations : et je sais que son bureau, à la maison, c'était le coin de son lavabo. Ce détail, il me l'apprit dès le début de notre connaissance, à l'époque où il mettait à sac les rayons de ma bibliothèque, et peu avant le jour où il me supplia de lui dire la vérité quant aux chances qu'il pouvait avoir, « d'écrire quelque chose de vraiment bien, vous savez ». Peut-être l'avais-je trop encouragé, car, une nuit, il arriva, les yeux flambants d'exaltation et tout hors d'haleine :

— Est-ce que cela vous gêne... est-ce qu'il vous est possible de me laisser ici écrire toute la soirée ? Je ne vous dérangerai pas, non, vrai. Je n'ai pas de place pour écrire chez ma mère.

— Qu'y a-t-il ? dis-je, sachant bien de quoi il retournait.

— J'ai en tête une idée qui ferait l'histoire la plus admirable qu'on ait jamais écrite. Je vous en prie, laissez-moi la mettre sur le papier ici. C'est une idée... On ne peut pas se douter.

Il n'y avait pas à résister. Je lui installai une table ; il me remercia à peine et se rua de suite au travail. Pendant une demi-heure, la plume gratta sans arrêt. Puis Charlie soupira et se tira les cheveux. Le grattement se ralentit, les ratures se multiplièrent et, à la fin, il cessa. La plus belle histoire du monde ne voulait pas sortir.

— Ça paraît tellement idiot maintenant ! dit-il lugubrement. Et pourtant cela semblait si bien avant, pendant que j'y pensais. Qu'est-ce qui cloche ?

Je ne pouvais le décourager en lui disant la vérité. Aussi je répondis :

— Quelquefois on ne se sent pas en train d'écrire.

— Oui, je me sens en train… sauf quand je regarde ce fatras. Pouah !

— Lisez-moi ce que vous avez fait, dis-je.

Il lut. C'était prodigieusement mauvais. Il s'attardait à toutes les phrases les plus boursouflées, quêtant une approbation ; car il était fier de ces phrases-là, comme il fallait s'y attendre.

— Il faudrait serrer, suggérai-je avec précaution.

— J'ai horreur de tailler dans ce que je fais. Je ne crois pas possible de changer un mot là-dedans sans altérer le sens. Cela sonne mieux lu tout haut que lorsque j'écrivais.

— Charlie, vous souffrez d'un mal alarmant. Il y en a beaucoup comme vous. Laissez la chose de côté et attelez-vous-y de nouveau dans huit jours.

— Je veux l'écrire tout de suite. Qu'en pensez-vous ?

— Comment puis-je juger un conte qui n'est écrit qu'à moitié ? Racontez-moi l'histoire telle quelle, comme vous l'avez en tête.

Charlie parla, et je retrouvai dans sa narration tout ce à quoi son ignorance avait soigneusement interdit l'issue de la parole écrite. Je le contemplais, me demandant s'il était possible qu'il ne connût pas l'originalité, la puissance de l'idée qui avait traversé son chemin. C'était évidemment une

Idée entre toutes. Des hommes s'étaient sentis gonflés d'orgueil à cause d'idées dix fois inférieures en excellence et facilité d'exécution. Mais Charlie continuait à babiller avec sérénité, rompant le cours de l'imagination pure par des échantillons d'horribles phrases qu'il se proposait d'employer. Je l'écoutai d'un bout à l'autre. C'eût été folie de laisser sa pensée rester en ses mains incapables, alors que je pouvais en tirer un tel parti. Pas tout ce qu'on en eût pu tirer, certes ; mais tout de même, tant !

— Qu'en dites-vous ? demanda-t-il enfin. Je pense intituler cela : l'*Histoire d'un navire*.

— Je crois l'idée assez bonne ; mais vous ne seriez pas en mesure de la traiter d'ici bien longtemps. Maintenant, je…

— Pourrait-elle vous servir ? En avez-vous envie ? Je serais si fier, dit Charlie vivement.

Il y a en ce monde peu de choses plus douées que l'admiration naïve, ardente, excessive et franche d'un homme plus jeune. Une femme même, au plus aveugle de la passion, n'emboîte pas l'allure de l'homme qu'elle adore, ne porte pas son chapeau à l'angle du sien et n'entrelarde pas son langage de ses jurons favoris. Et Charlie faisait tout cela. Il n'en fallait pas moins sauvegarder ma conscience avant de faire main basse sur les idées de Charlie.

— Faisons un marché. Je vous donne un « fiver »[2] de l'idée, lui dis-je.

Charlie redevint commis de banque instantanément :

— Oh ! c'est impossible. Entre camarades, vous savez, si j'ose ainsi vous appeler, et à mon point de vue d'homme du monde, je ne pourrais pas. Prenez l'idée si elle peut vous servir. J'en ai des tas d'autres.

Il en avait, — personne ne le savait mieux que moi, — mais c'étaient des idées de tout le monde.

— Prenez la chose comme affaire, conclue entre hommes du monde, répliquai-je. Cinq livres vous paieront je ne sais combien de bouquins de vers. Les affaires sont les affaires, et vous pouvez être sûr que je ne vous donnerais pas ce prix si…

— Oh ! si vous l'entendez de cette façon-là, dit Charlie visiblement ébranlé par la pensée des livres.

Le marché fut corsé d'une clause d'après laquelle, à intervalles irréguliers, Charlie m'apporterait toutes les idées qu'il possédait, aurait une table à lui pour écrire, et le droit incontesté de m'infliger tous ses poèmes et fragments de poèmes. Puis je dis :

— Maintenant, racontez-moi comment cette idée vous est venue.

— Elle m'est venue toute seule.

Et il écarquilla un peu les yeux.

— Oui, mais vous m'avez raconté sur le héros un tas de choses que vous avez dû lire déjà quelque part.

— Je n'ai pas le temps de lire, sauf quand vous me laissez rester ici ; le dimanche je suis à bicyclette ou sur la rivière toute la journée. Il n'y a rien qui cloche dans le héros, n'est-ce pas ?

— Redites-moi tout et je comprendrai clairement. Vous dites que votre héros s'en alla faire le pirate. Comment vivait-il ?

— Il était dans le premier pont de cette manière de navire dont je vous ai parlé.

— Quelle sorte de navire ?

— L'espèce qui marche au moyen de rames, et la mer jaillit par les trous des rames, et les hommes souquent assis dans l'eau jusqu'aux genoux. Et puis il y a un banc qui court entre les deux rangées de rames, et un surveillant un fouet à la main se promène d'un bout à l'autre du banc pour faire travailler les hommes.

— Comment savez-vous cela ?

— C'est dans le conte. Il y a une corde tendue à hauteur d'homme, amarrée au second pont, que le surveillant puisse saisir lorsque le bateau roule. Une fois, quand le surveillant manque la corde et tombe parmi les rameurs, rappelez-vous que le héros se met à rire et qu'il écope en conséquence. Il est enchaîné à son aviron comme de juste… le héros.

— Comment est-il enchaîné ?

— Au moyen d'une bande de fer autour de la taille, fixée au banc sur lequel il est assis, et d'une sorte de menotte au poignet gauche qui l'attache à l'aviron. Il est dans le premier pont, là où l'on envoie les plus mauvais sujets, et il ne vient de lumière que par les écoutilles et par les trous des avirons.

Ne voyez-vous pas la lumière du soleil qui filtre entre le manche et le trou, et papillonne au gré des mouvements du navire ?

— Je vois, mais je ne puis imaginer comment vous l'imaginez vous-même.

— Comment se pourrait-il autrement ? Maintenant, écoutez-moi. Les longues rames, sur le pont supérieur, sont manœuvrées par quatre hommes à chaque banc, au deuxième pont par trois, et tout à fait au fond par deux. Rappelez-vous qu'il fait nuit noire dans le faux pont et que tous les hommes y deviennent fous. Lorsqu'un homme meurt à son banc dans ce pont-là, on ne le jette pas par-dessus bord, mais on le dépèce dans ses chaînes et on le fait passer de force par le trou de la rame, en petits morceaux.

— Pourquoi ? demandai-je, abasourdi moins du renseignement que du ton d'autorité sur lequel il était lancé.

— Pour épargner la peine et faire peur aux autres. Il faut deux surveillants pour traîner un cadavre jusqu'au troisième pont, et si on laissait seuls les hommes qui sont aux rames dans les entreponts, ils s'arrêteraient naturellement de ramer et essaieraient d'arracher les bancs en se levant tous ensemble dans leurs chaînes.

— Vous avez l'imagination la plus prévoyante. Où avez-vous lu des récits de galères et de galériens ?

— Nulle part, que je me souvienne. Je canote un peu quand j'en trouve l'occasion. Mais peut-être, puisque vous le dites, j'ai bien pu lire quelque chose.

Il s'en alla peu après trouver des libraires, et je restai à me demander comment un commis de banque âgé de vingt ans se trouvait à même de m'offrir, avec un tel luxe de détails, tous donnés en parfaite assurance, une pareille histoire d'extravagante et sanguinaire aventure, d'orgie, de piraterie et de mort, sur les flots de mers inconnues. Il avait mené son héros en une danse furieuse et désespérée, des péripéties d'une révolte contre la chiourme au commandement d'un navire à lui et enfin à l'établissement d'un royaume dans une île « quelque part sur la mer, vous savez », et, ravi de mes cinq misérables livres sterling, il était allé acheter des idées d'autres hommes, afin que ceux-ci lui apprissent à écrire. Il me restait la consolation de savoir que cette donnée était mienne par droit d'achat, et je pensais pouvoir en faire quelque chose.

Quand il revint me voir il était ivre — royalement ivre de maints poètes qui se révélaient à lui pour la première fois. Il avait les pupilles dilatées, il bousculait ses mots, et il se drapait dans les citations — comme un mendiant s'envelopperait dans la pourpre des empereurs. Par-dessus tous les autres, il était ivre de Longfellow.

— N'est-ce pas splendide ? N'est-ce pas superbe ? s'écriait-il, après un rapide bonjour. Écoutez ceci :

« Wouldst thou » — so the helmsman answered,
   Know the secret of the sea ?
Only those who brave its dangers
   Comprehend its mystery[3]. »

Crédié !

> « Only those who brave its dangers
> Comprehend its mystery. »

répétait-il vingt fois, en marchant de long en large dans la chambre. Il m'avait oublié.

— Mais moi aussi je peux le comprendre, disait-il se parlant à lui-même. Je ne sais comment vous remercier de ce « fiver ». Et ceci, écoutez :

> « I remember the black wharves and the slips
> And the sea-tides tossing free ;
> And the Spanish sailors with bearded lips,
> And the beauty and mystery of the ships,
> And the magic of the sea[4]. »

Je n'ai jamais bravé de dangers, mais il me semble que je sais tout ça.

— Vous paraissez certainement posséder la mer. L'avez-vous jamais vue ?

— Quand j'étais petit, je suis allé une fois à Brighton. N'empêche que nous habitions Coventry avant de venir à Londres. Je ne l'ai jamais vue…

> « When descends on the Atlantic
> The gigantic
> Storm-wind of the Equinox[5]. »

Il me secoua par l'épaule pour me faire comprendre quelle passion le secouait lui-même.

— Quand cette tempête arrive, continua-t-il, je crois que toutes les rames du navire dont je vous parlais se rompent, et les rameurs ont la poitrine défoncée par les poignées des rames qui ruent. À propos, avez-vous tiré déjà quelque chose de mon idée ?

— Non, j'attendais que vous m'en reparliez. Dites-moi comment, diable ! vous êtes si sûr de l'aménagement de ce navire. Vous n'y connaissez rien en bateaux.

— Je ne sais pas. Cela me semble aussi réel que n'importe quoi jusqu'au moment où j'essaie d'écrire. J'y pensais justement dans mon lit la nuit dernière, vous m'aviez prêté *Treasure Island*[6] ; et j'ai arrangé une masse de nouvelles choses à mettre dans l'histoire.

— Quelle sorte de choses ?

— À propos de la nourriture que les hommes mangeaient : des figues pourries, des haricots noirs, et du vin dans une outre en peau, qu'on passait d'un banc à l'autre.

— Le navire existait donc il y a si longtemps que cela ?

— Que quoi ? je ne sais pas s'il y a longtemps ou non : ce n'est qu'une idée, mais cela me semble parfois tout aussi exact que si c'était arrivé. Est-ce que cela vous ennuie que j'en parle ?

— Pas le moins du monde. Avez-vous trouvé autre chose encore ?

— Oui, mais c'est absurde.

Charlie rougit un peu.

— Cela ne fait rien ; racontez.

— Eh bien, je pensais à l'histoire, et, au bout d'un moment, je me suis levé pour écrire sur un morceau de papier les machines que les hommes auraient pu graver — une supposition — sur leurs rames avec l'angle de leurs menottes. Cela semblait donner à la chose plus apparence de vie. Tout cela me paraît tellement arrivé, vous savez.

— Avez-vous le papier sur vous ?

— Oui, mais à quoi bon le montrer ? Ce n'est qu'un tas de ratures. Tout de même on pourrait le faire reproduire à la première page du livre.

— Ces détails me regardent. Montrez-moi ce que vos hommes écrivaient.

Il sortit de sa poche une feuille de papier à lettres qui portait une seule ligne de ratures. Je la serrai soigneusement.

— Qu'est-ce que cela est supposé signifier en anglais ? demandai-je.

— Oh ! je ne sais pas. Je voulais que cela signifie : « Je suis salement fatigué », reprit-il. C'est absurde, mais tous ces hommes sur le bateau me semblent aussi vivants que des gens en chair et en os. Je vous en prie, faites-en vite quelque chose, de cette idée ; j'aimerais la voir écrite et imprimée.

— Mais tout ce que vous m'avez dit ferait un gros livre.

— Faites-le alors. Vous n'avez qu'à vous asseoir et à transcrire.

— Donnez-moi un peu de temps. N'avez-vous plus d'idées ?

— Pas pour le moment. Je suis en train de lire tous les livres que j'ai achetés. C'est magnifique.

Lorsqu'il fut parti, je regardai la feuille de papier à lettres et l'inscription. Puis je me pris délicatement la tête à deux mains, pour m'assurer qu'elle n'allait pas tomber ou se mettre à tourner. Puis… mais je ne me souviens pas d'un intervalle écoulé entre mon départ de chez moi et le moment où je me trouvai discutant avec un policeman devant une porte marquée des mots *Entrée interdite,* dans un corridor du British Museum. Tout ce que je demandais, aussi poliment que possible, c'était : « l'homme des antiquités grecques ». Le policeman ne connaissait rien que les règlements du musée, et il me fallut fourrager dans tous les pavillons et tous les bureaux à l'intérieur de l'enceinte. Un Monsieur âgé, dérangé au milieu de son déjeuner, mit fin à mes recherches en prenant la feuille de papier entre son pouce et son index et en la reniflant avec mépris.

— Ce que cela signifie ? Hum ! dit-il, autant que je peux l'affirmer, c'est un essai d'écriture en grec extrêmement corrompu de la part — ici il me fixa avec intention — d'une personne extrêmement — oui ! — illettrée.

Il lut lentement sur le papier : *Pollock, Erkmann, Tauchnitz, Hennicker,* — quatre noms qui m'étaient familiers.

— Pouvez-vous me dire ce que cette corruption est censée signifier, — le fin mot de la chose ? demandai-je.

— J'ai été… bien des fois… vaincu par la fatigue dans ce métier-là. Voilà ce que cela signifie.

Il me rendit le papier, et je m'enfuis sans un mot de remerciement, d'explication ou d'excuse.

On m'eût excusé d'oublier davantage. Voici que m'était donnée, à moi entre tous les hommes, la chance d'écrire le plus merveilleux récit du monde, tout simplement l'histoire d'un galérien grec racontée par lui-même. Rien d'étonnant, en effet, à ce que son rêve eût semblé réel à Charlie. Les Parques, si soigneuses, en général, de clore derrière nous les portes de nos vies successives, avaient été, cette fois-ci, négligentes, et le regard de Charlie plongeait, bien qu'il ne s'en rendît pas compte, là où nul homme n'avait eu la fortune de voir en pleine connaissance de cause depuis le commencement des temps. Chose merveilleuse, il ignorait absolument quelle somme de savoir il m'avait vendue pour cinq livres sterling ; et il conserverait cette ignorance, car les commis de banque n'entendent rien à la métempsycose, et une saine éducation commerciale ne comprend pas le grec. Il me pourvoirait — là-dessus je me mis à danser parmi les dieux muets d'Égypte, et je riais à leurs faces meurtries — de matériaux qui feraient de mon histoire une certitude — à tel point éclatante que le monde l'accueillerait comme le plus impudent des arlequins. Et moi — moi seul en connaîtrais la littérale et scrupuleuse vérité. Moi — moi seul je tenais ce joyau. Nulle autre main ne le tiendrait à la taille ou au polissoir ! Aussi je me remis à danser parmi les dieux de la cour égyptienne, tant qu'un policeman m'aperçut et se dirigea vers moi.

Il ne restait qu'à encourager Charlie à causer, et cela ne souffrait aucune difficulté. Mais j'avais oublié ces maudits livres de poésie. Il me revint à plusieurs reprises, chaque fois plus inutile qu'un phonographe surchargé, — ivre de Byron, de Shelley ou de Keats. Instruit désormais de ce que ce garçon avait été au cours de ses vies passées, et tenant avec l'anxiété du désespoir à ne point perdre un mot de son babil, je ne pus lui cacher mon respect et mon intérêt. Il les interpréta tous deux en respect pour l'âme actuelle de Charlie Mears, à qui la vie apparaissait aussi neuve qu'aux yeux d'Adam lui-même, et en intérêt pour ses lectures. Alors il mit ma patience à bout en me récitant des vers, non plus maintenant les siens, mais ceux des autres. Je souhaitai voir tous les poètes d'Angleterre effacés dans la mémoire des hommes. Je blasphémai les plus grands noms de la lyre, parce qu'ils avaient entraîné Charlie hors du chemin de la narration directe et qu'ils l'exciteraient, plus tard, à les imiter ; mais j'étouffai mon impatience jusqu'à ce que le premier flot d'enthousiasme se fût dépensé et que le jeune homme revînt à ses rêves.

— À quoi bon vous dire ce que, moi, je pense, alors que ces gaillards-là ont écrit pour les anges ? grommela-t-il un soir. Pourquoi n'écrivez-vous pas quelque chose comme eux ?

— Je ne crois pas que vous me traitiez très équitablement, dis-je, en m'efforçant de me contenir.

— Je vous ai donné l'histoire, répondit-il sèchement, en se replongeant dans *Lara*.

— Mais je veux les détails.

— Les choses que j'imagine à propos de ce sacré bateau que vous appelez une galère ? Rien de plus facile. Vous pouvez aussi bien les inventer vous-même. Levez un peu le gaz, je veux continuer à lire.

Je lui aurais cassé le globe du bec de gaz sur la tête pour son étonnante stupidité. Certes, j'aurais pu inventer les choses moi-même, si j'avais seulement su ce que Charlie ne savait pas qu'il savait. Mais puisque les portes étaient fermées derrière moi, je ne pouvais qu'attendre son juvénile plaisir et m'efforcer de le tenir en égale humeur. Hors de mes gardes pour une minute, je m'exposais à gâter une révélation inappréciable. De temps en temps il jetait ses livres de côté, — il les gardait dans mon appartement, car sa mère se fût offusquée de tant de bon argent gâché si elle les avait aperçus, — et il se lançait dans ses rêves de la mer. Je maudissais de nouveau tous les poètes de l'Angleterre. L'intelligence trop plastique du commis de banque avait été surchargée, barbouillée, déformée par ses lectures, et il en résultait dans l'expression une confusion inextricable de voix différentes assez pareilles aux murmures et aux bourdonnements d'un téléphone de la Cité aux heures les plus affairées du jour.

Il parlait de la galère — sa propre galère et il n'en savait rien ! — avec des images empruntées à la *Fiancée d'Abydos*. Il soulignait les aventures de son héros de citations du

Corsaire, et panachait le tout des réflexions morales, profondes et désespérées, tirées de *Caïn* et de *Manfred*, assuré que je les emploierais toutes. C'est seulement quand la conversation tombait sur Longfellow que les contre-courants taisaient leur cacophonie, et je savais que Charlie disait la vérité telle qu'il s'en souvenait.

— Que pensez-vous de ceci ? dis-je un soir, aussitôt que je compris le médium où sa mémoire fonctionnait le mieux.

Et, avant qu'il pût s'y opposer, je lui lus presque tout entière la *Saga du roi Olaf*.

Il écouta bouche bée, du sang au visage, tandis que ses mains battaient du tambour sur le dos du sofa où il était assis, jusqu'à ce que j'arrivasse à la chanson de Einar Tamberskelver et aux vers :

> « Einar, then the arrow taking
> From the loosened string,
> Answered : That was Norway breaking
> 'Neath thy hand, O King[7]. »

Il haletait de pur ravissement dans la caresse du rythme.

— C'est mieux que du Byron, un peu ? risquai-je.

— Mieux ! Mais c'est *vrai* ! Comment pouvait-il savoir ?

Je repris un passage antérieur :

> « What was that ? said Olaf, standing
> On the quarter-deck,
> Something heard I like the stranding
> Of a shattered wreck[8]. »

— Comment pouvait-il savoir la manière dont un bateau touche, les rames qui ripent et font *z-z-z-p* tout le long de la ligne ? Mais rien que la nuit dernière… Non, continuez, je vous prie, et relisez « The Skerry of Shrieks ».

— Non, je suis fatigué. Causons. Qu'est-il arrivé la nuit dernière ?

— J'ai fait un rêve affreux au sujet de notre galère. J'ai rêvé que je me noyais pendant un combat. Vous comprenez, nous avions abordé un autre bateau dans le port. Il faisait calme plat, sauf où nos rames fouettaient l'eau. Vous savez où je suis toujours assis dans la galère ?

Il parlait avec hésitation d'abord, en proie à cette crainte naturelle à tout bon Anglais : faire rire de lui.

— Non. C'est tout nouveau pour moi, répondis-je humblement, tandis que mon cœur se mettait à battre.

— À la quatrième rame à partir de l'avant, à droite, sur le troisième pont. Nous étions quatre à cette rame, tous enchaînés. Je me rappelle comme je guettais l'eau en essayant d'enlever mes menottes avant que ça se mît à chauffer. Puis, nous nous collons à l'autre navire, et tous leurs combattants sautent par-dessus nos bordages, mon banc se casse et je me trouve cloué par terre, mes trois compagnons sur moi, et la grosse rame prise et coincée sur nos quatre dos, en travers.

— Eh bien ?

Les yeux de Charlie étincelaient. Il regardait le mur derrière ma chaise.

— Je ne sais pas comment on se battit. Les hommes me piétinaient partout le dos et je me faisais petit. Puis, nos rameurs, sur le côté gauche, — attachés aux rames, vous savez, — commencèrent à hurler et à scier pour faire tourner le bateau. Je pouvais entendre l'eau grésiller, nous virions comme un hanneton, et je compris, couché où j'étais, qu'il venait une galère droit sur nous pour nous couler à l'éperon par le flanc gauche. Je pouvais juste assez soulever la tête pour voir sa voile au-dessus du bordage. Nous voulions la recevoir proue à proue, mais il était trop tard. Nous ne pouvions que tourner un peu parce que la galère à notre droite s'était collée à nous et nous empêchait de bouger. Et alors, crédié ! quel choc ! Nos rames de gauche commencèrent à se casser au fur et à mesure que l'autre galère, celle qui arrivait, vous savez, enfonçait son nez dedans. Alors les rames de l'entrepont jaillirent à travers les planches du pont, le manche en avant, et l'une d'elles sauta en l'air et vint retomber tout près de ma tête.

— Comment cela était-il arrivé ?

— L'avant de la galère en marche les refoulait à travers leurs propres trous, et j'entendais un potin du diable dans les entreponts au-dessous. Alors, son nez nous prit presque par le milieu, et nous penchâmes de côté, et les hommes de la galère de droite détachèrent leurs grappins et leurs cordes, et lancèrent des choses sur notre pont, — des flèches, de la poix chaude ou quelque chose qui brûlait, et nous montions, nous montions, plus haut, toujours plus haut, sur la gauche, et le côté droit plongeait, et je tordis le cou pour regarder, et je vis l'eau rester immobile comme elle surplombait le bordage de droite, puis elle se recourba et s'écroula avec fracas sur nous tous à droite, et je sentis le choc sur mon dos, et je m'éveillai.

— Une minute, Charlie. Lorsque la mer surplomba le bordage, à quoi ressemblait-elle ?

J'avais mes raisons pour faire cette question. Un homme de ma connaissance avait sombré une fois avec son navire, à la suite d'une voie d'eau, dans un calme, et avait vu le niveau de l'eau hésiter un instant avant qu'elle tombât sur le pont.

— Cela avait l'air d'une corde de banjo tendue à rompre, et cela semblait demeurer là des siècles, dit Charlie.

Exactement ! L'autre avait dit : « C'était comme un fil d'argent posé le long du bordage, et je croyais qu'il ne casserait jamais. » Il avait payé de tout ce qu'il possédait, à la vie près, ce petit renseignement sans valeur, et j'avais franchi dix mille longues lieues afin d'acquérir de sa bouche cette information de seconde main. Mais Charlie, le commis de banque à vingt-cinq shillings par semaine, qui n'avait jamais perdu de vue une route départementale, savait tout cela. La pensée qu'une fois, au cours de ses existences, il eût été forcé de mourir pour ses acquisitions ne suffit pas à me consoler. Moi aussi je devais être mort des douzaines de fois, mais les portes, derrière moi qui aurais pu faire usage de ma science, les portes étaient closes.

— Et alors ? dis-je en essayant de chasser le démon de l'envie.

— Le plus drôle, pourtant, c'est que, au milieu de tout ce vacarme, je ne ressentais ni étonnement ni peur. Il me semblait que j'avais assisté déjà à pas mal de combats, parce que je l'avais dit à mon voisin lorsque le branle-bas commença. Mais ce voyou de surveillant, à mon entrepont, ne voulait pas défaire nos chaînes et nous laisser une chance de nous en tirer. Il disait toujours qu'on nous mettrait tous en liberté après une bataille, mais cela n'arrivait jamais, cela n'arrivait jamais !

Charlie secoua la tête d'un air triste.

— Quelle canaille !

— Je vous crois. Il ne nous donnait jamais assez à manger, et quelquefois nous avions si soif que nous buvions de l'eau salée. J'ai encore le goût de cette eau salée dans la bouche.

— Dites-moi maintenant quelque chose du port où le combat fut livré.

— Je n'ai rien rêvé là-dessus. Je sais, cependant, que c'était un port ; car nous étions attachés à un anneau contre un mur blanc, et toute la surface de la pierre, sous l'eau, était couverte de bois pour empêcher notre éperon de s'érafler quand la marée nous faisait rouler.

— Ça, c'est curieux. Notre héros commandait la galère, n'est-ce pas ?

— Un peu ! Il se tenait à l'avant et criait comme un drille. C'est lui qui tua le surveillant.

— Mais vous vous êtes noyés tous ensemble, Charlie, n'est-ce pas ?

— Je ne peux pas bien ajuster ça, dit-il avec un regard perplexe. La galère dut couler corps et biens, et cependant j'ai idée que le héros continua de vivre par la suite. Peut-être il grimpa dans le navire abordeur. Je ne pouvais pas voir cela naturellement, j'étais mort, vous savez.

Il eut un petit frisson et protesta qu'il ne se rappelait plus rien.

Je ne le pressai pas davantage, mais, pour m'assurer qu'il demeurait ignorant du fonctionnement de son propre cerveau je lui mis tout à trac entre les mains la *Transmigration* de Mortimer Collins, lui donnant un aperçu du plan avant qu'il ouvrît le livre.

— Quel fatras ! dit-il avec franchise, au bout d'une heure. Je ne comprends rien à toutes ces niaiseries au sujet de Mars la planète rouge, et du Roi et de tout le reste. Repassez-moi le Longfellow.

Je lui tendis le livre, et me mis en devoir d'écrire tout ce que je pouvais me rappeler de sa description de combat naval, faisant appel à lui de temps en temps pour obtenir confirmation d'un fait ou d'un détail. Il répondait sans lever les yeux du livre, avec autant d'assurance que si tous ses souvenirs étaient couchés là, sous ses yeux, sur la page imprimée. Je parlais au-dessous du diapason normal de ma voix, afin de ne pas rompre le fil, et je savais qu'il n'avait pas conscience de ce qu'il disait, car ses pensées étaient ailleurs, sur la mer, avec Longfellow.

— Charlie, demandai-je, quand les rameurs se mutinèrent sur les galères, comment tuèrent-ils leurs surveillants ?

— En arrachant les bancs et en leur cassant la tête. Cela arriva par une grosse mer. Un surveillant du dernier pont glissa de la planche centrale et tomba parmi les rameurs. Ils l'étranglèrent contre la paroi du navire avec leurs mains enchaînées, tout doucement, et il faisait trop noir pour que l'autre surveillant s'aperçût de ce qui était arrivé. Lorsqu'il demanda, il fut tiré en bas aussi et étranglé ; et le dernier pont se tailla la route jusqu'en haut, pont par pont, avec les morceaux des bancs brisés qui brimbalaient derrière eux. Comme ils hurlaient !

— Et qu'arriva-t-il après ?

— Je ne sais pas. Le héros s'en alla — cheveux roux, barbe rousse et le reste. Mais c'est après qu'il eut capturé notre galère, je crois.

Le son de ma voix l'irritait, et il fit un léger signe de la main gauche comme un homme qu'une interruption agace.

— Vous ne m'aviez jamais dit auparavant qu'il avait les cheveux roux, ou qu'il eût capturé votre galère ? demandai-je après un silence discret.

Charlie ne leva pas les yeux.

— Il était aussi roux qu'un ours rouge, dit-il, d'un air absorbé. Il venait du Nord ; c'est ce qu'on disait dans la galère lorsqu'il demandait des rameurs, — pas des esclaves, des hommes libres. Plus tard — des années plus tard — on eut de ses nouvelles par un autre navire, ou bien il revint...

Ses lèvres remuèrent en silence. Il resavourait avec transport quelque poème ouvert à cet instant sous ses yeux.

— Où était-il allé pendant ce temps-là ?

Je murmurais à peine, de façon à faire parvenir doucement ma phrase jusqu'au lobe quelconque du cerveau de Charlie qui fonctionnait à mon intention.

— Aux Grèves — aux Longues Grèves Merveilleuses ! répondit-il, après une minute de silence.

— À Furdurstrandi ? demandai-je, en frissonnant de la tête aux pieds.

— Oui, à Furdurstrandi, — il prononça le mot d'une façon nouvelle. — Et moi aussi, je vis…

Sa voix s'éteignit.

— Savez-vous ce que vous venez de dire ? criai-je imprudemment.

Il leva les yeux, tout réveillé maintenant.

— Non, dit-il d'un ton sec. Je voudrais bien que vous laissiez lire un pauvre diable. Écoutez ceci :

> « But Othere, the old sea-captain,
> He neither paused nor stirred
> Till the king listened, and then
> Once more took up his pen
> And wrote down every word.
>
> And to the king of Saxons
> In witness of the truth,
> Raising his noble head,

He stretched his brown hand and said,
Behold this walrus tooth[9]. »

Par Jupiter ! quels gaillards ce devaient être pour s'en aller comme cela naviguer d'un bout du monde à l'autre sans jamais savoir où ils prendraient terre ! Ah !

— Charlie, plaidai-je, si vous voulez être raisonnable une minute ou deux, je ferai du héros de notre conte un gaillard qui vaudra Othere, à un pouce près.

— Peuh ! C'est Longfellow qui a écrit ce poème-là. Je veux lire.

L'instrument désaccordé maintenant ne voulait plus répondre ; enragé de ma malchance, je le quittai.

Qu'on se représente soi-même à la porte du Trésor du Monde, une porte que garderait un enfant, — un enfant sans besogne ni souci, en train de jouer aux osselets, — alors que de sa bonne grâce dépend le don de la clé, et l'on s'imaginera à demi mon supplice. Jusqu'à ce soir-là, Charlie n'avait rien dit qui dépassât l'ordre d'expériences d'un galérien grec. Mais maintenant, ou bien tous les livres mentaient, il avait rappelé quelque folle et sauvage aventure des Vikings, que dis-je, l'expédition de Thorfin Karlsefne au Wineland, qui est l'Amérique, vers le neuvième ou le dixième siècle. La bataille dans le port, il l'avait vue ; sa propre mort, il l'avait décrite. Mais ceci était un plongeon dans le passé bien autrement surprenant. Se pouvait-il que, sautant par-dessus une douzaine d'existences, il se rappelât obscurément à cette heure quelque épisode de mille ans plus tard ? Confusion affolante, et que Charlie Mears, dans son état normal, était la dernière personne du monde capable d'éclaircir. Il ne me restait qu'à veiller et attendre, mais je me couchai cette nuit-là, la tête pleine des plus effrénées imaginations. Rien qui ne fût possible si la détestable mémoire de Charlie pouvait seulement tenir bon.

Je pouvais récrire la *Saga de Thorfin Karlsefne*, telle qu'on ne l'avait jamais écrite auparavant ; je pouvais raconter la première découverte de l'Amérique, et l'auteur, c'eût été moi-même. Mais je demeurais entièrement à la merci de Charlie et aussi longtemps qu'il aurait à portée de la main un volume de Bohn à trois shillings six, Charlie ne parlerait pas. Je n'osais pas le maudire ouvertement ; j'osais à peine brusquer sa mémoire, car j'avais affaire à des aventures d'il y a mille ans, racontées par la bouche d'un adolescent de nos jours ; et un adolescent de nos jours vibre au moindre changement de ton, au moindre souffle d'opinion, si bien qu'il ment au moment même où il a le plus envie de dire la vérité.

Je ne vis plus Charlie pendant près d'une semaine. La première fois que je le rencontrai de nouveau, ce fut dans Gracechurch Street, un livre de comptes attaché par une chaîne à la ceinture. Il avait affaire de l'autre côté du Pont de Londres, et je l'accompagnai. Il était tout plein d'importance à propos de ce livre de comptes et en faisait grand état. En traversant la Tamise, nous nous arrêtâmes pour regarder un steamer d'où on déchargeait de grandes dalles de marbre blanc et fauve. Un chaland dérivait sous l'arrière du steamer, et sur ce chaland une vache solitaire se mit à mugir. La physionomie de Charlie s'altéra ; ce n'était plus celle d'un employé de banque, mais un visage inconnu, et — ce dont il n'aurait pas voulu convenir — d'expression infiniment plus subtile. Il jeta le bras le long du parapet du pont, et, riant très haut, dit :

— Lorsqu'ils entendirent beugler nos taureaux, à nous, les Skrœlings se sauvèrent.

Je n'attendis qu'un instant, mais le chaland et la vache avaient disparu à l'avant du steamer sans que j'eusse répliqué :

— Charlie, qu'est-ce, selon vous, que les Skrœlings ?

— Jamais entendu parler. Ça sonne comme le nom d'une nouvelle espèce de goéland. Quel type vous faites pour poser des questions ! répondit-il. Il faut que j'aille à la caisse de la Compagnie d'omnibus, là-bas. Voulez-vous m'attendre, nous pourrions déjeuner quelque part ensemble ? J'ai une idée de poème.

— Non, merci. Je m'en vais. Vous êtes sûr de ne rien savoir des Skrœlings ou autres ?

— Non, à moins qu'on l'ait inscrit pour le Liverpool Handicap.

Il fit un signe de tête et disparut dans la foule.

Or il est écrit, dans la Saga d'Éric le Rouge et celle de Thorfin Karlsefne, qu'il y a neuf cents ans, lorsque les galères de Karlsefne vinrent aux échoppes de Leif, que Leif avait bâties sur la terre inconnue appelée Markland, c'est

Rhode-Island ou une autre île selon les avis, les Skrœlings — et Dieu sait ce que ceux-là aussi pouvaient être ou non — vinrent pour trafiquer avec les Vikings, et s'enfuirent effrayés par les mugissements du bétail que Thorfin avait amené avec lui dans les navires. Mais que diable un esclave grec pouvait-il savoir de cette affaire ? Je flânai par les rues, tâchant de démêler ce mystère, mais plus j'y réfléchissais, plus il devenait irritant. Une seule chose me semblait sûre et cette certitude un instant me coupa la respiration. Le moins que je pusse connaître si j'en venais à approfondir quoi que ce fût, ce n'est pas une seule des vies de l'âme qui habitait le corps de Charlie Mears, mais une demi-douzaine, — une demi-douzaine d'existences, distinctes et séparées, vécues sur l'eau bleue dans le matin du monde.

Puis je repassai la situation.

Évidemment, si je faisais usage de ma science, je restais seul et inégalable jusqu'à ce que tous les hommes fussent aussi instruits que moi-même. Ce serait quelque chose, mais, homme, j'étais ingrat. Il semblait d'une injustice amère que la mémoire de Charlie me fît défaut au moment où j'en avais le plus besoin. Puissances du ciel ! — je levais les yeux vers sa voûte, à travers brume et fumée, — les Maîtres de la Vie et de la Mort savaient-ils ce que cela signifiait pour moi. Rien moins qu'une gloire éternelle et du meilleur acabit, la gloire qu'un seul crée et qu'un seul partage. Je me serais contenté, — je me rappelai Clive et restai confondu de ma propre modération, — je me serais contenté du droit d'écrire une seule nouvelle, de parfaire une petite contribution à la littérature légère de l'époque. Que Charlie, pendant une heure — pendant soixante pauvres minutes — pût se remémorer sans contrainte des existences qui embrassaient une période de mille années — j'abandonnerais tout profit et gloire sur ce que je pourrais tirer de sa parole. Je ne prendrais aucune part à l'agitation générale qui s'ensuivrait en ce coin particulier de la terre qui s'appelle le « monde ». La chose serait publiée sous le voile de l'anonyme. Bien plus, je ferais croire à d'autres que c'étaient eux qui l'avaient écrite. Ils loueraient des agents, des Anglais coriaces, sans pudeur de réclame personnelle, pour la mugir à l'univers. Des prêcheurs fonderaient sur cette base une nouvelle règle de vie, avec force serments que c'était du neuf et qu'ils avaient soustrait enfin l'espèce humaine à l'épouvante de la mort. Tous les orientalistes d'Europe la patronneraient avec abondance au moyen de textes en langue sanscrite ou pali. Des femmes terribles inventeraient des variantes malpropres au dogme tel que professé par les hommes, pour la plus grande élévation de leurs sœurs. Églises et religions en feraient un champ de guerre. J'entrevis, de l'instant où je hélai un omnibus à celui où il s'ébranla pour repartir, les querelles qui s'élèveraient d'entre une demi-douzaine de sectes étiquetées, professant toutes « la doctrine de la Vraie Métempsycose dans ses applications au monde et à l'Ère nouvelle » ; — et je vis, en outre, les respectables gazettes anglaises s'effarouchant, comme des génisses émues, devant la belle simplicité du récit. L'esprit humain, d'un bond, franchissait cent — deux cents — mille années. Je pressentis avec douleur les hommes qui éplucheraient et mutileraient l'histoire ; les croyances rivales qui la bouleverseraient à l'envers, jusqu'à ce que, en dernier ressort, le monde occidental, qui se cramponne plus étroitement à la crainte de la mort qu'à l'espoir de la vie, la reléguât au rang de superstition intéressante et s'emballât sur la piste de quelque foi depuis si longtemps oubliée qu'elle en paraîtrait nouvelle. Là-dessus, je changeai les termes du marché à conclure avec les maîtres de la Vie et de la Mort. Le loisir seulement de connaître, d'écrire cette histoire en parfaite assurance que je transcris la vérité, et je brûlerais le manuscrit en holocauste solennel. Cinq minutes après la dernière ligne écrite, je détruirais le tout. Mais on me devrait de me laisser l'écrire en confiance absolue.

Il n'y eut pas de réponse. Les couleurs flamboyantes d'une affiche de l'Aquarium attirèrent mes yeux, et je me demandai s'il serait sage ou prudent de livrer Charlie par surprise aux mains du magnétiseur en vogue, et si sous son influence il parlerait de ses existences passées. S'il le faisait, et qu'on y ajoutât foi… Mais Charlie s'intimiderait ou s'effarerait, à moins que la vanité des interviews le rendît insupportable. Dans l'un ou l'autre cas, il commencerait à mentir par crainte ou par vanité. C'est en mes mains qu'il était le plus sûr.

— Ce sont de bien drôles de toqués, vos Anglais ! dit une voix à mon oreille.

Me retournant, je me trouvai en face d'une connaissance de hasard, un jeune Bengali, étudiant en droit, appelé Grish Chunder, que son père avait envoyé en Angleterre pour y devenir civilisé. Le vieux était un fonctionnaire indigène en retraite qui, sur un revenu de cinq livres par mois, s'arrangeait pour donner à son fils deux cents livres par an, et toute liberté de mordre à même au gâteau en une ville où il pouvait se dire cadet de maison royale et raconter des histoires sur la brutalité des bureaucrates de l'Inde, dont la coutume est de moudre le visage des pauvres.

Grish Chunder était un jeune Bengali, gras, replet, vêtu avec une recherche scrupuleuse, en redingote, chapeau haut de forme, pantalon clair et gants fauves. Mais je l'avais connu au temps où le brutal gouvernement indien lui payait son éducation universitaire, où il frondait dans les prix doux le long des colonnes du *Sachi Durpan*[10], tout en nouant des intrigues avec les femmes de ses camarades, maris de quatorze ans.

— Cela est très drôle et très absurde, dit-il, en désignant l'affiche d'un mouvement de tête. Je descends au Northbrook Club. Venez-vous aussi ?

Je l'accompagnai quelques instants.

— Vous ne paraissez pas bien, dit-il. Qu'est-ce que vous avez ? Vous ne parlez pas.

— Grish Chunder, vous avez reçu une trop bonne éducation pour croire en Dieu, n'est-ce pas ?

— Ah ! oui, ici ! Mais quand je rentrerai chez moi, il me faudra faire des concessions à la superstition populaire, accomplir les cérémonies de purification, et mes femmes oindront les idoles.

— Et on pendra du *tulsi*[11], et on fêtera le *purohit,* et on vous réintégrera dans votre caste, où l'on refera un bon *khultri* de vous, hardi libre penseur que vous êtes. Et vous mangerez des aliments *desi,* et vous aimerez l'ensemble de tout cela, depuis l'odeur de la cour jusqu'à l'huile de moutarde qui vous couvrira.

— Je l'aimerai beaucoup, dit Grish Chunder ingénument. Une fois Hindou… toujours Hindou. Mais j'aimerais savoir ce que les Anglais pensent qu'ils savent.

— Je vais vous dire quelque chose qu'un Anglais au moins connaît. C'est de l'histoire ancienne pour vous.

Je commençai l'histoire de Charlie en anglais ; mais Grish Chunder posa une question en hindoustani, et l'histoire continua naturellement et sans effort dans la langue qui lui convenait le mieux. Après tout, on n'aurait jamais pu la dire en anglais. Grish Chunder m'écouta, hochant la tête de temps en temps, puis monta chez moi où j'achevai l'histoire.

— *Beshak*, dit-il philosophiquement. *Lekinh darwaza band hai.* (Sans doute ; mais la porte est fermée.) J'ai entendu parler parmi les miens de ces ressouvenirs d'existences antérieures. Évidemment, pour nous, c'est de l'histoire ancienne, mais que cela arrive à un Anglais, — à un *Mlech* nourri de vache, — un hors caste, par Jupiter, c'est on ne peut plus curieux !

— Hors caste vous-même, Grish Chunder ! Vous mangez du bœuf tous les jours. Mais réfléchissons. Ce garçon se rappelle ses incarnations.

— Le sait-il ? dit, tranquillement assis sur ma table, Grish, en balançant ses jambes.

Il parlait maintenant en anglais.

— Il ne sait rien. Vous en parlerais-je, s'il le savait ? Continuez !

— Il n'y a pas lieu de continuer. Si vous racontez la chose à vos amis, ils diront que vous êtes fou et le feront mettre dans les journaux. À supposer, maintenant, que vous poursuiviez pour diffamation...

— Laissons cela de côté, c'est hors de question. Y a-t-il la moindre chance de le faire parler ?

— Il y a une chance. Oh oui ! mais s'il parlait, cela voudrait dire la fin du monde tout de suite, — *instanto*, — le monde qui vous tomberait sur la tête. Ces choses-là ne sont pas permises, vous savez. Comme je l'ai dit, la porte est fermée.

— Pas l'ombre d'une chance ?

— Comment pourrait-il y en avoir ? Vous êtes un chrétien et il est défendu, d'après vos livres, de goûter à l'Arbre de Vie, ou bien vous ne mourriez jamais. Comment craindriez-vous la mort si vous saviez tout ce que votre ami ne sait pas qu'il sait ? J'ai peur de recevoir des coups de pied. Mais je n'ai pas peur de la mort, parce que je sais ce que je sais. Vous, vous n'avez pas peur des coups de pied, mais vous avez peur de la mort. Sans cela, du diable si vous autres Anglais ne seriez pas tous dans la boutique au bout d'une heure à bouleverser l'équilibre des pouvoirs et à faire du désordre. Ce qui serait mauvais. Mais n'ayez pas peur. Il se souviendra de moins en moins, et traitera le tout de rêves. Puis il oubliera. Quand j'ai passé mon premier examen à Calcutta, tout cela était dans l'aide-mémoire sur Wordsworth : « Nuages de gloire qui passent, » vous savez.

— Ceci me semble une exception à la règle.

— Il n'y a pas d'exceptions aux règles. Quelques-unes n'ont pas l'air aussi dures que les autres, mais elles sont toutes les mêmes à l'épreuve. Si votre ami avait raconté ceci ou cela, en indiquant qu'il se souvenait de toutes ses existences passées, ou de la moindre partie d'une existence passée, il ne resterait pas dans sa banque une heure de plus. Il serait ce que vous appelez « lessivé » pour cause de folie, et on l'enverrait dans un asile d'aliénés. Vous vous rendez compte au moins de cela, mon ami ?

— Naturellement, mais ce n'est pas à lui que je pensais. Son nom n'a pas besoin de paraître dans l'histoire.

— Ah ! je vois ! Cette histoire ne sera jamais écrite. Vous pouvez essayer.

— C'est ce que je vais faire.

— Pour votre propre gloire et pour l'argent, naturellement ?

— Non, pour le plaisir d'écrire l'histoire. Sur l'honneur, ce sera tout.

— Même alors, il n'y a guère de chances. On ne plaisante pas avec les dieux. C'est en ce moment une très jolie histoire. Faites vite, il ne durera pas longtemps.

— Que voulez-vous dire ?

— Ce que je dis. Il n'a jamais, jusqu'ici, pensé à une femme ?

— Allons donc !

Je me rappelais quelques confidences de Charlie.

— Je veux dire qu'aucune femme n'a pensé à lui. Après ça, *bus*[12], *hogya*[13], plus personne ! Je le sais. Il y a des millions de femmes ici. Des petites bonnes, par exemple. Elles vous embrassent derrière les portes.

Je frémis à cette pensée : mon histoire réduite à néant par une petite bonne. Et pourtant rien n'était plus probable.

Grish Chunder ricana.

— Oui, — et puis aussi de jolies filles, — des cousines à lui ou peut-être à d'autres. Un baiser rendu pour peu qu'il s'en souvienne, et voilà toute cette folie guérie, ou bien…

— Ou bien quoi ? Rappelez-vous qu'il ne sait pas qu'il sait.

— Je sais. Ou bien, si rien de cela n'arrive, il sera bientôt absorbé par le commerce et les spéculations financières comme le reste. Il faut bien qu'il en soit ainsi. Vous pouvez voir vous-même qu'il doit en être ainsi. Mais la femme viendra d'abord, du moins je le pense.

On frappa un coup sec à la porte, et Charlie se rua impétueusement dans la pièce. On lui avait donné congé, et son regard me fit pressentir qu'il arrivait avec des intentions de longue causerie, et probablement des poèmes dans les poches. Les poèmes de Charlie me fatiguaient à l'excès, mais parfois ils l'amenaient à parler de la galère.

Grish Chunder le fixa d'un œil aigu pendant une minute.

— Je vous demande pardon, fit Charlie avec embarras ; je ne savais pas qu'il y avait quelqu'un avec vous.

— Je m'en vais, dit Grish Chunder.

Il m'attira dans l'antichambre, comme il partait :

— C'est votre homme, dit-il vivement. Je vous répète qu'il ne vous dira jamais tout ce que vous désirez. Ça c'est de la blague, — du toc. Mais ce serait un excellent sujet à qui faire voir des choses. Une supposition maintenant, comme par jeu — je n'avais jamais vu Grish Chunder si excité — qu'on lui verse une flaque d'encre dans la main. Hein ? Qu'en pensez-vous ? Je vous dis que cet homme-là est capable de voir tout ce qu'un homme verra jamais. Je vais prendre l'encrier et le camphre. C'est un voyant, et il nous dira beaucoup, beaucoup de choses.

— Il peut bien être tout ce que vous dites, mais je ne me soucie pas de le confier à vos dieux et à vos diables.

— Cela ne lui fera aucun mal. À peine un peu d'abrutissement et de stupeur quand il s'éveillera. Vous avez déjà vu des garçons regarder dans l'encre ?

— C'est précisément pourquoi je ne tiens plus à le voir. Vous feriez mieux de vous en aller, Grish Chunder.

Il partit, insistant, jusqu'en bas de l'escalier, sur ce que je repoussais de gaieté de cœur mon unique chance d'interroger l'avenir.

Cela me laissait froid, le passé seul m'intéressait, et ce n'était pas de regarder loucher des enfants hypnotisés dans des miroirs ou des flaques d'encre qui m'aiderait dans cette voie. Mais une fois admis le point de vue de Grish Chunder, je lui payai tribut de sympathie.

— En voilà un gros diable noir ! dit Charlie lorsque je revins vers lui. Écoutez maintenant, je viens de finir un poème ; j'ai fait cela au lieu de jouer aux dominos après déjeuner. Puis-je lire ?

— Laissez-moi le lire tout seul.

— Alors vous perdrez l'expression juste. En outre vous faites toujours sonner ce que je fais comme si les rimes étaient toutes de travers.

— Lisez-le haut alors. Tous les mêmes !

Charlie me déclama son poème, et ce n'était guère pire que la moyenne de ses vers. Il avait lu ses livres religieusement, mais ne me remercia pas quand je lui dis que je préférais mon Longfellow non délayé de Charlie.

Puis nous reprîmes le manuscrit ligne par ligne. Charlie ripostait à chaque objection et à chaque correction par un :

— Oui, c'est peut-être mieux, mais vous ne voyez pas où j'en veux venir.

Charlie ressemblait, au moins par un côté, à un certain genre de poètes.

Il y avait un griffonnage au crayon sur le revers du papier.

— Qu'est cela ? dis-je.

— Oh ! ce ne sont pas des vers du tout. C'est quelque idiotie que j'ai écrite la nuit passée avant de me mettre au lit, et comme ça m'embêtait trop de chercher des rimes, j'en ai fait quelque chose en vers blancs à la place.

Voici les vers blancs de Charlie :

Nous avons peiné pour vous quand le vent était debout et les voiles carguées.

Ne nous délivrerez-vous jamais ?

Nous mangions du pain et des oignons quand vous preniez les villes, ou nous gagnions en courant le bord quand l'ennemi vous repoussait,

Les capitaines arpentaient le pont par le beau temps en chantant, mais nous étions en bas,

Nous tombions défaillants, le menton sur nos rames, et vous ne voyiez point que nous étions oisifs, car nous continuions à ballotter de ci de là.

Ne nous délivrerez-vous jamais ?

Le sel faisait les rames plus âpres que la peau du requin ; l'eau salée gerçait nos genoux jusqu'à l'os, nos cheveux nous collaient au front, nos lèvres fendues montraient nos gencives et vous nous fouettiez parce que nous ne pouvions plus ramer.

Ne nous délivrerez-vous jamais ?

Mais dans peu de temps nous fuirons par les écubiers comme l'eau fuit le long de la rame, et vous aurez beau dire aux autres de ramer après nous, vous ne nous reprendrez jamais, pas plus qu'on ne saisit ce que vanne la rame, ou qu'on ne garrotte les vents dans le creux de la voile. Aho !

Ne nous délivrerez-vous jamais ?

— Hem ! Qu'est-ce que c'est que « ce que vanne la rame », Charlie ?

— L'écume soulevée par les rames. C'est une chanson du genre de ce qu'ils auraient pu chanter dans la galère, vous savez. N'allez-vous donc jamais finir cette histoire et me donner ma part des profits ?

— Cela dépend de vous. Si vous m'aviez parlé un peu plus de votre héros la première fois que je vous en ai prié, elle serait finie à présent. Vos idées sont si vagues !

— Je n'ai besoin que de vous donner l'idée générale… les aventures, les escales, les coups, et tout le reste. Vous pouvez bien remplir les vides vous-même ! Faites sauver au héros une jeune fille prisonnière sur une galère de pirates et qu'il l'épouse ou fasse quelque chose.

— Vous êtes vraiment un collaborateur précieux. J'imagine que le héros a traversé quelques aventures avant de se marier.

— Eh bien ! faites-en un monstre d'astuce, une vilaine espèce d'homme — une sorte de politique qui s'en va faisant des traités et s'en moquant, — un gaillard à poil noir qui se cache derrière le mât quand on commence à se battre.

— Mais vous disiez l'autre jour qu'il était roux.

— Je n'ai pas pu dire cela. Faites-le noir, naturellement. Vous n'avez aucune imagination.

Étant donné que je venais précisément de découvrir en son intégrité le principe d'après lequel fonctionne cette demi-mémoire qu'on appelle faussement l'imagination, je me sentis en droit de rire, mais je me retins, à cause du conte.

— Vous avez raison. C'est vous l'imaginatif. Un gaillard brun, dans un navire ponté, n'est-ce pas ?

— Non, un navire sans pont — une sorte de grosse barque.

C'était à devenir fou.

— Voyons, votre navire est tout bâti, tout décrit : fermé et ponté, n'est-ce pas ? c'est vous-même qui l'avez dit ! protestai-je.

— Non, non, pas ce bateau-là. Celui-là n'était pas ponté ou seulement à moitié... Par Jupiter ! vous avez raison ! Vous m'avez fait penser au héros comme à un homme roux. Naturellement, s'il était roux, c'est que le navire n'avait pas de pont et portait des voiles peintes...

Sûrement, pensai-je, il va se rappeler maintenant qu'il a servi dans deux galères au moins — une grecque à trois ponts sous les ordres du « politique » brun, et aussi dans un « serpent de mer » de Viking, non ponté, sous les ordres d'un homme « roux comme un ours rouge », qui était allé au Markland. Le diable me poussa à parler.

— Pourquoi « naturellement », Charlie ? dis-je.

— Je ne sais pas. Vous moquez-vous de moi ?

Le fil était brisé pour le moment. Je pris un calepin et feignis d'y inscrire un tas de choses.

— C'est un plaisir de travailler avec un garçon d'imagination comme vous, dis-je au bout d'un instant. La manière dont vous êtes arrivé à dégager le caractère de votre héros est tout simplement étonnante.

— Croyez-vous ? répondit-il, en rougissant de plaisir. Je me dis souvent qu'il y a en moi plus de choses que ma mè… que l'on pense.

— Il y a énormément de fond en vous.

— Eh bien, voulez-vous que j'envoie au *Tit Bits* un essai sur les mœurs des commis de banque, afin de gagner le prix d'une guinée ?

— Ce n'est pas tout à fait ce que je voulais dire, mon vieux ; il vaudrait peut-être mieux attendre un peu et pousser l'histoire de la galère.

— Oui, mais ce ne sera pas signé, tandis que *Tit Bits* publierait mon nom et mon adresse si je gagne. Pourquoi faites-vous la grimace ? Je vous assure.

— Je le sais. Si vous alliez faire un tour ? J'ai besoin de consulter mes notes au sujet de notre histoire.

Donc, ce très répréhensible jouvenceau, qui, légèrement froissé, me quittait à cette minute, pouvait, à la rigueur, avoir appartenu à l'équipage de *l'Argo*, — et certainement avait été l'esclave ou le camarade de Thorfin Karlsefne. C'est pourquoi il s'intéressait profondément au concours à une guinée le prix. Me rappelant ce que Grish Chunder m'avait dit, je me mis à rire tout haut. Les Maîtres de la Vie et de la Mort ne laisseraient jamais Charlie parler de son passé en pleine connaissance de cause et il me fallait rapiécer ce qu'il m'avait dit, au moyen de mes pauvres inventions, tandis qu'il écrivait sur les mœurs des commis de banque.

Je réunis toutes mes notes et en fis une liasse ; je les relus : le résultat n'avait rien de réjouissant. Pas une chose qui ne pût avoir été compilée de seconde main dans les livres d'autres gens, — sauf, peut-être, l'histoire du combat dans le port. Les aventures d'un Viking avaient été contées déjà bien des fois ; l'histoire d'un esclave de galère grecque n'était pas nouvelle, et, à supposer que j'écrivisse l'une et l'autre, qui pourrait donc récuser ou confirmer l'exactitude de mes détails ? Autant raconter une histoire à survenir dans deux mille ans. Les Maîtres de la Vie et de la Mort étaient bien aussi rusés que me l'avait fait entendre Grish Chunder. Ils ne laisseraient échapper rien qui pût troubler ou tranquilliser les esprits des hommes. Bien que persuadé de tout cela, je ne me décidais pas pourtant à laisser là le conte. Je passai de l'exaltation à la réaction, non pas une fois, mais vingt, dans les semaines qui suivirent. Mes humeurs varièrent avec le soleil de mars et la fuite des nuages. La nuit, ou dans la beauté d'une matinée de printemps, je sentis que je pourrais l'écrire, ce conte, et bouleverser des continents. Par les après-midi de pluie et de vent, je constatai qu'on pouvait bien écrire le conte, mais qu'il ne vaudrait, en résumé, rien de plus que ces bibelots maquillés, à fausse patine, fardés de rouille artificielle, qu'on fabrique dans Wardour Street. Alors j'envoyai Charlie à tous les diables, bien que ce ne fût pas sa faute.

Il semblait s'occuper beaucoup de concours littéraires, et je le voyais de moins en moins à mesure que les semaines s'écoulaient, tandis que la terre s'entr'ouvrait, mûre pour la venue du printemps, et que les bourgeons gonflaient leurs gaines. Il ne se souciait plus de lire ou de parler de ses lectures, et le timbre de sa voix avait un ton d'assurance nouvelle. Je ne me souciais guère davantage de lui rappeler la galère quand nous nous rencontrions, mais il saisissait toutes les occasions d'y faire allusion, toujours comme à une histoire dont on pouvait tirer de l'argent.

— Je crois que je mérite bien vingt-cinq pour cent au moins, n'est-ce pas ? disait-il avec sa belle franchise. J'ai fourni toutes les idées, n'est-il pas vrai ?

Cette âpreté au gain montrait un nouveau côté de son caractère. Elle s'était développée sans doute dans la Cité où Charlie ramassait aussi le curieux nasillement traînard du « cityman » sans éducation.

— Quand la chose sera faite, nous en causerons. Je ne peux rien en tirer à présent. Le héros roux comme le héros brun sont également intraitables.

Il était assis près du feu, les yeux fixés sur les charbons incandescents.

— Je ne peux pas comprendre, moi, ce que vous trouvez là de difficile. C'est aussi clair qu'eau de roche, pour moi, répliqua-t-il.

Un jet de gaz fusa entre les grilles, s'alluma et siffla doucement.

— Supposez que nous commencions par les aventures du héros roux, à partir du moment où il arriva du Sud sur ma galère, la captura et fit voile vers les Grèves.

J'en savais trop maintenant pour interrompre Charlie. Plume et papier étaient hors de portée, et je n'osais pas bouger pour y atteindre, de peur de briser le fil. Le jet de gaz palpita, sembla hennir, la voix de Charlie tomba presque au diapason d'un murmure, et il raconta une histoire de galère non pontée faisant voile vers Furdurstrandi, de couchers de soleil en pleine mer, aperçus chaque soir sous la courbe de l'unique voile, quand l'éperon de la galère entaillait le centre du disque à demi sombré, et :

— Nous mettions le cap là-dessus, car nous n'avions pas d'autre guide, dit Charlie.

Il parla d'une île où on avait atterri, et d'explorations dans les bois de cette île, où l'équipage tua trois hommes qu'ils trouvèrent endormis sous les pins. Leurs esprits, dit Charlie, suivirent la galère, nageant et suffoquant dans l'eau, et l'équipage tira au sort et jeta un des siens par-dessus bord, en sacrifice aux dieux étrangers qu'ils avaient offensés. Puis ils mangèrent du goémon lorsque les vivres manquèrent, et leurs jambes enflèrent, et leur chef, l'homme roux, tua deux rameurs qui s'étaient mutinés ; et, après avoir passé une année dans les bois, ils mirent à la voile pour leur pays, et un vent toujours favorable les ramena si sûrement qu'ils dormaient tous la nuit. Voilà ce que me dit Charlie, et bien des choses encore. Parfois sa voix baissait tellement que je ne pouvais saisir les paroles, malgré la tension de tous mes nerfs. Il parla de leur chef, l'homme roux, comme un païen parle de son dieu ; car c'était lui qui ranimait leur courage ou les égorgeait, impartialement, selon qu'il le jugeait bon pour leurs besoins ; et c'est lui qui tint la barre trois jours durant, parmi des glaces flottantes dont chaque banquise grouillait de bêtes étranges…

— …Qui essayaient de voguer avec nous, dit Charlie, et nous les chassions à l'arrière à coups de poignées de rames.

Le jet de gaz s'évanouit, un charbon consumé céda, et le feu, avec un léger craquement, se tassa au fond de la grille. Charlie cessa de parler. Je ne dis pas un mot.

— Par Jupiter ! s'écria-t-il enfin en secouant la tête. Je suis resté là à fixer le feu au point d'en être étourdi. Qu'est-ce que je disais ?

— Quelque chose à propos du livre de la galère.

— Je me rappelle maintenant. C'est vingt-cinq pour cent des bénéfices, n'est-ce pas ?

— C'est tout ce que vous voudrez lorsque j'aurai fait le conte.

— Je voulais en être sûr. Il faut que je m'en aille maintenant. J'ai… j'ai un rendez-vous.

Et il me quitta.

Plus clairvoyant, j'aurais compris que ce murmure entrecoupé au-dessus du feu était le chant du cygne de Charlie Mears. Mais j'y voyais au contraire le prélude de plus amples révélations. Enfin !… enfin ! j'allais tricher les Maîtres de la Vie et de la Mort !

La première fois que Charlie revint, je le reçus avec transport. Il paraissait nerveux et embarrassé, mais il avait les yeux tout pleins de lumière et ses lèvres s'ouvraient à demi.

— J'ai fait un poème, dit-il.

Puis, très vite :

— C'est le meilleur que j'aie jamais fait. Lisez-le.

Il me le glissa dans la main et se retira du côté de la fenêtre.

Je gémis intérieurement. Il me faudrait une demi-heure de besogne pour critiquer — c'est-à-dire pour louer — le poème de façon à contenter Charlie. Or, j'avais de bonnes raisons pour gémir, car Charlie, délaissant son mètre favori, genre mille pattes, s'était lancé en vers plus courts et plus hachés, et, qui plus est, en vers à sujet motivé. Voici ce que je lus :

« Le jour est charmant, le vent joyeux
Nous hèle derrière la colline,

Et courbe le bois selon ses vœux
Et le jeune sapin qui s'incline !
Joue, ô vent ! Mon sang roule des choses
Qui ne veulent point que tu reposes !

Elle s'est donnée, ô Terre ! ô Cieux !
Mer grise, elle est mienne tout entière,
Écoutez ma voix, rocs soucieux,
Et frémissez dans vos flancs de pierre !

Mienne ! Conquise ! Bonne terre, écoute,
Sois heureuse, voici le printemps ;
Mon amour lui seul vaut deux fois toute
L'adoration qu'on doit à tes champs.
Le rustre qui te fouille sent en route
Germer mon bonheur qu'il jette en semant ! »

— Oui, c'est la première semaille, sans aucun doute, dis-je, le cœur saisi d'une crainte.

Charlie sourit, mais ne répondit pas.

Ô Pourpre des soirs, je suis vainqueur !
Le jour l'annonce, et l'astre m'accueille !
Maître absolu, souverain seigneur
De l'âme d'une seule !

— Eh bien ? dit Charlie en regardant par-dessus mon épaule.

Je pensais que c'était loin d'être bien, et même tout à fait mal, lorsqu'il posa sur la page, sans rien dire, la photographie d'une jeune fille aux cheveux bouclés, à bouche molle et niaise.

— N'est-ce pas… n'est-ce pas merveilleux ? — murmura-t-il, rouge jusqu'au bout des oreilles, tout baigné du rose mystère des premières amours. Je ne savais pas… c'est arrivé comme un coup de foudre.

— Oui, cela vient en effet comme un coup de foudre. Êtes-vous très heureux, Charlie ?

— Grand Dieu ! Mais elle… elle m'aime !

Il s'assit en se répétant les derniers mots. Je regardai le visage imberbe, les épaules étroites, déjà courbées par le travail de bureau, et je restai songeur à me demander quand, où et comment il avait aimé dans ses vies passées.

— Que dira votre mère ? demandai-je gaiement.

— Je me moque pas mal de ce qu'elle dira !

À vingt ans les choses dont on ne se moque pas mal devraient, à proprement parler, être en nombre, mais on ne doit pas comprendre les mères dans la liste. Je le lui dis doucement ; après quoi il me la décrivit, Elle, comme Adam dut décrire aux bêtes nouvellement nommées la gloire, la tendresse et la beauté d'Ève. J'appris incidemment qu'elle était employée chez un marchand de tabac, avait un faible pour la toilette, et lui avait déjà dit quatre ou cinq fois qu'aucun homme ne l'avait jamais embrassée auparavant.

Charlie parlait, parlait, parlait ; tandis que moi, séparé de lui par des milliers d'années, je contemplais les commencements des choses. Maintenant je comprenais pourquoi les Maîtres de la Vie et de la Mort fermaient si soigneusement les portes derrière nous. C'était afin que nous fussions dans l'impossibilité de nous rappeler nos premières et nos plus belles amours. S'il n'en était ainsi, notre monde ne compterait plus un habitant dans cent ans d'ici.

— Et maintenant, revenons à l'histoire de la galère, lui dis-je encore plus gaiement, comme le torrent de sa parole se ralentissait un instant.

Charlie leva les yeux comme s'il eût reçu un coup.

— La galère !... Quelle galère ! Bonté divine, ne plaisantez pas ! C'est sérieux. Vous ne savez pas combien c'est sérieux !

Grish Chunder avait raison. Charlie avait goûté à l'amour de la femme, qui tue le souvenir, et la plus belle histoire du monde ne serait jamais écrite.

1. ↑ Salle de billard publique.
2. ↑ Billet de cinq livres sterling.
3. ↑ Veux-tu, répondit le pilote,
   Savoir le secret de la mer ?
   Seuls qui bravent ses périls
   En comprennent le mystère.

4. ↑ Je me souviens des quais noirs et des cales. Des marées librement balancées,
   Des marins espagnols aux lèvres barbues,
   De la beauté, du mystère des navires,
        Et des magies de la mer.
5. ↑ Quand descend sur l'Atlantique
       Le gigantesque
   Ouragan de l'Équinoxe.
6. ↑ Livre d'aventures de R.-L. Stevenson.

7. ↑ Alors Einar retirant la flèche
      De la corde détendue,
   Dit : C'est la Norvège qui se brise
      Sous ta main, ô Roi.
8. ↑ Qu'est cela, dit Olaf, debout
      Sur le château d'arrière,
   J'ai cru entendre s'échouer
      Une coque fracassée.
9. ↑ Mais Othere, le vieux capitaine,
   Il n'arrêta ni ne bougea
   Jusqu'à ce qu'écoutât le roi, et alors
   Il reprit de nouveau sa plume
   Et transcrivit chaque mot.

   Et vers le roi des Saxons,
   En témoignage de vérité,
   Soulevant sa noble tête,
   Il étendit sa main bronzée et dit,
   « Vois cette dent de morse. »
10. ↑ Journal de l'Inde.
11. ↑ Basilic.
12. ↑ Assez.
13. ↑ Fini.

UN FAIT

Une fois prêtre, toujours prêtre ; une fois franc-maçon, toujours franc-maçon ; mais, une fois journaliste, toujours et à jamais journaliste.

Nous étions trois, tous hommes de presse, seuls passagers d'un vagabond de petit steamer qui courait où ses propriétaires lui disaient d'aller. Il avait fait autrefois le commerce des minerais de Bilbao, avait été prêté au Gouvernement espagnol pour la campagne de Manille ; et il terminait sa carrière dans le transport des coolies au Cap, avec une pointe, à l'occasion, vers Madagascar et même aussi loin qu'en Angleterre. Nous l'avions trouvé se rendant sur lest à Southampton, et nous y étions embarqués à cause des prix de passage qui ne valaient pas la peine d'en parler. Il y avait là Keller, d'un journal américain, qui rentrait aux

États-Unis, retour d'exécutions de palais à Madagascar ; puis, un demi-Hollandais, un gros homme, nommé Zuyland, propriétaire-directeur d'un journal de l'intérieur, pas loin de Johannesberg ; et moi, qui avais solennellement abjuré tout journalisme, et fait vœu d'oublier que j'eusse jamais connu la différence entre typographie ou cliché.

Dix minutes après que Keller m'eut adressé la parole, comme le *Rathmines* quittait Le Cap, j'avais oublié ma feinte indifférence dans la chaleur d'une discussion animée sur l'immoralité des télégrammes détaillés au delà d'une certaine limite fixe. Alors Zuyland sortit de sa cabine, et nous nous trouvâmes immédiatement en famille, attendu que nous étions hommes de même profession, sans besoin de présentation préalable. Nous prîmes possession du bateau, enfonçâmes la porte de la salle de bains des passagers — sur les lignes de Manille, les *Dons*[1] ne se lavent pas — nous enlevâmes les pelures d'oranges et les bouts de cigares qui encombraient le fond de la baignoire, un lascar fut loué pour nous raser pendant le voyage, puis on se demanda réciproquement ses noms.

Trois hommes ordinaires se seraient chamaillés, par pur ennui, avant d'atteindre Southampton. Nous autres, en vertu de notre métier, nous étions tout, sauf des hommes ordinaires. Un pour-cent considérable des anecdotes du monde, les trente-neuf qu'on ne peut pas conter aux dames et celle qu'on peut, sont propriété commune et viennent d'un stock commun. Elles y passèrent toutes, affaire de forme — avec toutes leurs variantes locales et spécifiques, dont le nombre est surprenant. Puis vinrent, dans l'intervalle de parties de cartes toujours recommencées, des histoires d'aventures plus personnelles et de choses vues et souffertes : panique parmi les blancs, quand la terreur aveugle courait d'homme à homme sur le pont de Brooklyn, et que les gens s'écrasaient à mort sans savoir pourquoi ; incendies, visages apparus, avec d'horribles mouvements de mâchoires ouvertes et refermées, à travers des châssis de croisées chauffés à blanc ; naufrages dans le gel et la neige, que les sauveteurs gainés de verglas venaient rapporter au risque de membres perdus ; longues courses au galop derrière des voleurs de diamants ; escarmouches avec des Boers sur le *veldt* ou en comités municipaux ; aperçus de politique nonchalante et embrouillée au Cap, ou de gouvernement-mulet au Transvaal ; histoires de jeu, histoires de chevaux, histoires de femmes, à la douzaine ou au demi-cent ; tant, que le second du bord, qui en avait vu plus que nous tous ensemble, mais manquait de mots pour en habiller ses contes, restait à nous ouïr, bouche bée, longtemps après l'aube apparue.

Quand on en avait fini avec les récits, nous prenions les cartes jusqu'à ce qu'une main intéressante ou une remarque de hasard fit dire à l'un ou l'autre : « Cela me rappelle un homme qui — ou bien une affaire qui — » et les anecdotes continuaient, tandis que le *Rathmines* cahotait, vers le nord, à travers les eaux chaudes.

Un matin, après une nuit plus étouffante, nous étions tous trois assis juste devant la timonerie. Un vieux maître d'équipage suédois, que nous appelions « Frithiof le Danois », était à la barre et faisait semblant de ne pas entendre nos histoires. Une fois ou deux, Frithiof fit osciller la roue bizarrement, et Keller se souleva de sa chaise-longue pour lui demander :

— Qu'est-ce qu'il y a ? Est-ce que nous ne gouvernons pas bien ?

— Il y a quelque chose dans l'eau, que je ne peux pas comprendre, dit Frithiof. C'est à croire que nous descendons une côte ou quelque affaire comme ça. Le bateau n'obéit pas à la barre, ce matin.

Personne ne semble connaître les lois qui régissent le pouls des eaux profondes. Parfois, un terrien même se rend compte que la masse entière de l'océan s'est levée et que le navire peine à gravir une longue rampe invisible ; et parfois le capitaine, quand pleine vapeur ni bon vent ne justifient la longueur du parcours effectué dans la journée, dit que le navire dégringole une pente ; mais, quant à la cause qui produit ces hauts et ces bas, nulle autorité ne l'a encore déterminée.

— Non, la mer nous suit, dit Frithiof, et, avec une mer qui suit, on ne peut pas gouverner droit.

La mer était aussi calme qu'une mare à canards, à cela près qu'une houle égale s'y enflait en ondulation d'huile. Je regardais par-dessus bord pour voir de quel point de l'espace elle pouvait bien nous suivre, quand le soleil se leva dans un ciel parfaitement clair et frappa l'eau d'une clarté soudaine, à croire que la mer allait résonner comme un gong de métal bruni. Le sillage de l'hélice et la petite raie blanche tracée par la corde du loch qui pendait par-dessus les bordages de poupe faisaient les seules taches visibles sur l'eau aussi loin que l'œil pouvait atteindre.

Keller roula à bas de sa chaise et se dirigea vers l'arrière pour prendre un ananas parmi le stock suspendu pour mûrir sous la tente d'arrière.

— Frithiof, le loch est fatigué de nager. Il rentre, dit-il d'une voix traînante.

— Quoi ? dit Frithiof, dont la voix sauta plusieurs octaves.

— Il rentre, répéta Keller, en se penchant.

Je courus près de lui et vis la corde du loch, jusqu'à ce moment tendue avec roideur par-dessus le bastingage, mollir, se boucler dans l'eau et remonter à hauteur de la hanche d'arrière. Frithiof se fit apporter le tube acoustique de l'entrepont et l'entrepont répondit :

— Oui, neuf nœuds.

Alors, Frithiof parla de nouveau, et on répondit :

— Qu'est-ce que vous voulez au capitaine ?

Frithiof beugla :

— Dites-lui de monter.

Pendant ce temps, Zuyland, Keller et moi, nous avions été gagnés par la surexcitation de Frithiof, car la moindre émotion, à bord, est contagieuse.

Le capitaine s'élança hors de sa cabine, parla à Frithiof, regarda le loch, sauta sur la passerelle et en une minute nous sentîmes le steamer évoluer sous la main de Frithiof.

— On retourne au Cap ? demanda Keller.

Frithiof ne répondit pas, mais tourna la roue de toutes ses forces. Puis, il nous fit signe à tous trois de l'aider ; nous tînmes la barre toute, jusqu'à ce que le *Rathmines* y répondit, et nous eûmes bientôt, devant nous, l'écume de notre propre sillage, tandis que la mer, huileuse et sans rides, filait à toute vitesse le long de l'étrave. Nous ne donnions cependant pas la moitié de la vapeur.

Le capitaine, sur la passerelle, étendit le bras et cria. Une minute plus tard, j'aurais donné quelque chose pour crier aussi, car la moitié de la mer semblait s'épauler par-dessus l'autre et arrivait sur nous en forme de montagne mouvante. On n'y voyait ni crête, ni crinière, ni volute, rien que de l'eau noire, avec de petites vagues se poursuivant sur les flancs. Elle dépassa le gaillard d'avant du *Rathmines*, de niveau avec lui, sans que le steamer eût commencé de soulever sa propre masse, et j'en conclus que ce serait ici le dernier de mes voyages terrestres. Puis, nous montâmes toujours, toujours, toujours encore, et j'entendis Keller prononcer à mon oreille :

— Les entrailles de l'abîme, Seigneur ! Et le *Rathmines* demeura en équilibre, son hélice affolée tambourinant à vide, sur la pente d'un gouffre qui se creusait sur une étendue d'un bon demi-mille.

Nous descendîmes au fond de ce gouffre, l'avant à demi submergé, et l'air sentait l'humidité et la vase, comme un aquarium vide. Il y avait une seconde montagne à grimper, je ne fis que l'entrevoir : l'eau envahit le pont, me balaya vers l'arrière, finit par me jeter contre la porte de la timonerie où je restai collé, et, avant que je pusse reprendre haleine et y voir clair de nouveau, nous roulions de-ci de-là dans l'eau flagellée, tandis que les dalots ruisselaient comme des auvents dans un orage.

— Il y avait trois vagues, dit Keller, et la chaufferie est noyée.

Les chauffeurs se pressaient sur le pont, attendant apparemment la mort. Le mécanicien en chef survint, les traîna en bas et l'équipage haletant se mit à manœuvrer la pompe d'ancien modèle. Cela prouvait qu'il n'y avait aucun mal sérieux et, une fois assuré que le *Rathmines* était réellement sur l'eau et non dessous, je demandai ce qui était arrivé.

— Le capitaine prétend que c'est une explosion sous-marine, un volcan, dit Keller.

— Il n'en fait pas plus chaud, répondis-je.

J'avais horriblement froid, et le froid est presque inconnu dans ces parages. Je descendis pour changer de vêtements, et, lorsque je remontai, tout s'effaçait dans un brouillard blanc et compact.

— Faut-il s'attendre encore à des surprises ? demanda Keller au capitaine.

— Je ne sais pas. Remerciez Dieu d'être encore en vie, Messieurs. C'est une lame de fond soulevée par un volcan. Le fond de la mer s'est probablement exhaussé de quelques pieds, sur un point ou sur un autre. Je ne m'explique pas bien ce froid. Notre thermomètre marin donne 44° à la surface, or, il devrait marquer 68°[2] au moins.

— C'est abominable, dit Keller en frissonnant. Mais ne feriez-vous pas bien de vous mettre à la sirène ? Il me semble avoir entendu quelque chose.

— Entendu quelque chose ! Bonté du ciel ! dit le capitaine, du haut de la passerelle. Je crois bien !

Il tira la ficelle de notre trompe d'alarme. De faible portée, elle cracha, s'étrangla, car la chaufferie était pleine d'eau et les feux à demi éteints, puis finit par pousser un gémissement. On perçut, au fond du brouillard, la réponse d'une des sirènes à vapeur les plus formidables que j'eusse jamais entendues. Keller devint aussi blême que moi, car la brume, la froide brume, était sur nous, et tout homme est excusable d'avoir peur d'une mort qu'il ne peut pas voir.

— De la vapeur ! dit le capitaine à la chambre des machines. De la vapeur pour siffler, quand même on ne marcherait plus !

Nous beuglâmes de nouveau. Et nous entendions la rosée s'égoutter des toiles sur le pont, en attendant la réponse. Elle sembla, cette fois, venir par l'arrière, mais beaucoup plus près qu'auparavant.

— Le *Pembroke Castle* sur nous ! dit Keller, puis férocement : Au moins, Dieu merci, nous le coulerons aussi.

— C'est un steamer à aubes, murmurai-je, n'entendez-vous pas les roues ?

Cette fois, le *Rathmines* siffla et mugit jusqu'au dernier souffle de vapeur et la réponse nous assourdit presque. Il y eut, venant de la mer, selon toute apparence, comme un bruit frénétique d'eau fouettée à cinquante mètres de là, et quelque chose passa comme une flèche dans les blancheurs du brouillard. Cela paraissait rouge et gris.

— Le *Pembroke Castle*, la quille en l'air, dit Keller, qui, en sa qualité de journaliste, cherchait toujours des explications. Ce sont les couleurs d'un paquebot de leur ligne. Nous y sommes de quelque chose d'énorme.

— La mer est ensorcelée, dit Frithiof, de la barre. Il y a *deux* steamers !

Une autre sirène résonna en avant, et le petit steamer roula dans l'écume de quelque chose d'invisible qui avait passé.

— Nous sommes évidemment au milieu d'une flotte, dit Keller avec calme. Si l'un ne nous coule pas, ce sera l'affaire de l'autre. Pouah ! Entre toutes les odeurs de la création, qu'est-ce que c'est que ça ?

Je reniflai, car il y avait, dans l'air froid, un relent âcre et empoisonné, une odeur que j'avais déjà respirée auparavant.

— Si j'étais à terre, je dirais que c'est un alligator. Cela sent le musc, répondis-je.

— Dix mille alligators ne feraient pas cette odeur-là, dit Zuyland ; j'en ai senti.

— Ensorcelée ! Ensorcelée ! dit Frithiof. La mer est retournée sens dessus dessous, et nous nous promenons sur le fond.

Le *Rathmines* roula dans l'écume de quelque navire invisible, et une vague gris argent vint se briser à l'avant, laissant sur le pont une couche de sédiment — de cette fange grise qui repose dans les profondeurs insondables de la mer. Un embrun de cette vague m'éclaboussa le visage, si froid qu'il me brûla comme brûle l'eau bouillante. Les couches profondes, jamais remuées, des eaux mortes de la mer, avaient été projetées à la surface par le volcan sous-marin — eaux froides, immobiles, qui tuent toute vie et sentent la désolation et le vide. Nous n'avions pas besoin du brouillard opaque ni de cette indescriptible odeur de musc pour nous sentir inquiets, malheureux — nous frissonnions sur place de froid et de misère.

— C'est l'air chaud sur l'eau froide qui produit la brume, dit le capitaine ; elle devrait se lever dans un instant.

— Sifflez, oh ! sifflez, et sortons de là, dit Keller.

Le capitaine siffla encore ; et loin, très loin derrière nous, les sirènes à vapeur, invisibles et jumelles, répondirent. Leur effroyable clameur grandit jusqu'à paraître, à la fin, s'arracher du brouillard juste au-dessus de notre gaillard d'arrière, et je baissai la tête instinctivement, tandis que le *Rathmines* piquait du nez, l'avant disparu sous une double lame en croix.

— Assez, dit Frithiof, assez maintenant.

— Allons-nous-en, au nom de Dieu.

— Oui, si un torpilleur muni d'une sirène genre *City of Paris* perdait la tête, brisait ses amarres et louait ensuite un camarade pour l'aider, il serait tout juste concevable que les choses se comportent de la sorte. Autrement, c'est…

Les derniers mots expirèrent sur les lèvres de Keller, les yeux commencèrent à lui sortir de la tête et sa mâchoire tomba. Dominant de six ou sept pieds environ les bastingages de bâbord, encadrée de brume et sans plus de soutien que la pleine lune, pendait une Face. Cela n'avait rien d'humain et ce n'était certainement pas un animal, car cela n'appartenait pas à la terre, du moins à la terre connue des hommes. La bouche ouverte montrait une langue ridiculement petite aussi absurde que la langue d'un éléphant ; des rides de peau blanche se tiraient aux angles des lèvres minces, des antennes blanches, pareilles à celles d'un barbeau, sortaient de la mâchoire inférieure, et il n'y avait pas trace de dents à l'intérieur de la bouche. Mais toute l'horreur de la Face se concentrait dans les yeux : ils étaient sans regard, blancs au fond d'orbites blanches, d'un blanc d'os gratté, et aveugles. Malgré tout cela, la Face, ridée comme un masque de lion dans une sculpture assyrienne, était vivante de rage et de terreur. Une longue antenne blanche toucha nos bastingages. Puis la Face disparut avec la rapidité d'un ver replongé dans son trou et ce dont je me souviens ensuite, c'est de ma propre voix dans mes propres oreilles, disant gravement au grand mât :

— Mais la pression aurait dû lui faire sortir la vessie par la bouche, savez-vous.

Keller me rejoignit, le visage blême comme cendre. Il mit sa main dans sa poche, prit un cigare, le mordit, le laissa tomber, fourra son pouce tremblant dans sa bouche, et marmotta :

— La groseille géante, et la pluie de grenouilles ! Donnez-moi du feu ! Donnez-moi du feu ! Dites ! Donnez-moi du feu !

Une petite perle de sang tomba de l'articulation de son pouce.

Je respectai le motif, bien que la manifestation fût absurde.

— Arrêtez, vous allez vous dévorer le pouce, dis-je.

Keller fit un rire saccadé en ramassant son cigare. Seul, Zuyland, penché par-dessus les bastingages, semblait se posséder. Il déclara plus tard qu'il se sentait très malade.

— Nous l'avons vu, dit-il en se retournant. C'est ça.

— Quoi ? demanda Keller en mâchant le cigare qu'il n'avait pas allumé.

Comme il parlait, le brouillard se déchira en loques et nous vîmes la mer grise de boue qui roulait des deux côtés du navire. Nulle vie n'y apparaissait. Puis, en une place, elle bouillonna et devint comme le pot d'onguent dont parle la Bible. Des remous aux larges cercles tourmentés une Chose se leva — une Chose grise et rouge avec un cou — une Chose qui mugissait et se tordait de douleur. Frithiof retint son souffle jusqu'à ce que les lettres rouges du nom du navire brodées en travers de son jersey s'écartassent en désordre comme une ligne mal composée. Alors, il dit avec un petit gloussement de la gorge :

— Pauvre ! C'est aveugle. *Hur illa !* Cette chose est aveugle.

Et un murmure de pitié courut parmi nous tous, car nous pouvions voir que la chose sur l'eau était aveugle et souffrait. Je ne sais quoi avait haché et taillé ses flancs énormes, et le sang en jaillissait. Le limon gris des suprêmes abîmes comblait les rides monstrueuses du dos et en ruisselait en gouttières. La tête blanche, aveugle, donnait de grands coups en arrière, venant battre les blessures ; et le corps, dans son angoisse, se leva au-dessus des vagues rouges et grises, jusqu'à découvrir une paire d'épaules où couraient des frémissements de douleur, zébrées d'algues, encroûtées de coquilles, mais aussi blanches aux places nues que la tête chauve, édentée, sans pelage et sans yeux.

Bientôt après un point parut à l'horizon en même temps que s'élevait un cri perçant. Puis ce fut comme une navette lancée en une fois d'un bout à l'autre de la mer, et une seconde tête avec un second cou cinglèrent à travers les plaines des flots en soulevant de droite et de gauche des murailles d'eau bruissante.

Les deux choses se rencontrèrent — l'une intacte et l'autre en proie aux affres de l'agonie — le mâle et la femelle dîmes-nous, la femelle venant au mâle. Elle tourna autour en mugissant, posa son cou en travers de la courbe du grand dos de tortue, et il disparut un instant, mais pour émerger de nouveau violemment avec des râles de douleur, tandis que le sang coulait. Une fois, la tête et le cou entiers jaillirent hors de l'eau, subitement raidis, et j'entendis Keller murmurer, comme s'il assistait à un accident de rue :

— Donnez-lui de l'air. Pour l'amour de Dieu, donnez-lui de l'air.

Puis la véritable agonie commença : crampes, torsions, soubresauts de l'énorme masse blanche, tant que notre petit steamer en roulait et tanguait, la coque, à chaque lame grisâtre, revêtue d'une couche de limon gris. Le soleil était clair, il n'y avait pas de vent et tous, l'équipage entier, chauffeurs compris, nous regardions avec émerveillement et pitié, mais pitié plus encore. La Chose était si impuissante, et, à sa compagne près, si abandonnée. Aucun œil humain n'aurait dû la contempler : il était monstrueux et profanatoire de l'exhiber là, dans les eaux du commerce international, entre des degrés de latitude marqués sur un Atlas. L'Être avait été vomi, mutilé et mourant, du lieu de son repos sur le sol des mers, de la place où il aurait pu vivre jusqu'au Jugement Dernier, et nous regardions le flux de sa vie s'en aller de lui comme un jusant rageur s'en va parmi des rochers, souffleté par le vent du large. Sa compagne restait à se bercer sur l'eau, quelques encâblures plus loin, mugissant toujours, et l'odeur lourde de musc descendait sur le navire et nous faisait tousser.

Enfin, la lutte suprême s'acheva en un tourbillon de lames versicolores. Nous vîmes le cou se tordre, tomber comme un fléau, la carcasse chavirer sur le flanc, en montrant le reflet d'un ventre blanc et le joint d'une patte ou nageoire gigantesque. Puis, tout sombra, et la mer bouillonna par-dessus, tandis que la femelle nageait en rond, sans cesse, la tête dardée dans toutes les directions. Bien qu'il y eût à craindre qu'elle attaquât le steamer, nulle puissance terrestre n'eût arraché aucun de nous de sa place à cette minute-là. Figés, nous regardions, en retenant notre souffle. La femelle suspendit ses recherches ; nous pouvions entendre le clapotis des vagues contre ses flancs ; elle leva le cou aussi haut qu'elle pouvait atteindre, aveugle et abandonnée dans tout cet abandon de la mer, et poussa un mugissement désespéré qui se répercuta sonore le long des houles comme une coquille d'huître ricoche sur une mare. Puis elle s'éloigna dans la direction de l'Ouest. Le soleil brillait sur la tête blanche et le sillage qui la suivait ; puis on ne vit plus rien sur l'horizon qu'une petite tête d'épingle d'argent. Nous nous remîmes en route ; et le *Rathmines*, revêtu de la proue à la poupe de sa lie marine, avait l'air d'un navire demeuré gris de terreur.

. . . .
. . . .

— Il faut fondre nos notes, fut la première remarque un peu cohérente de Keller. Nous voilà ici trois journalistes et pas des novices. — Nous tenons absolument un record. En avant, du pied gauche !

J'objectai à cela. Il n'y arien à gagner en collaboration de presse quand on traite des mêmes faits, aussi nous nous mîmes au travail chacun selon ses lumières. Keller commença par une triple manchette, parla de notre « vaillant capitaine » et conclut en faisant allusion à l'esprit d'entreprise américaine, puisque c'était un citoyen de Dayton, Ohio, qui, le premier, avait vu le serpent de mer. Ce genre de reportage aurait discrédité le récit de la Genèse, à plus forte raison encore une simple aventure de mer, mais, comme specimen de style descriptif chez un peuple à demi civilisé, c'était fort intéressant. Zuyland employa toute une colonne et la moitié d'une autre à donner des longueurs et des largeurs approximatives, outre la liste complète de l'équipage auquel il avait fait jurer de garantir les faits. Il n'y avait rien de fantastique ni de flamboyant dans Zuyland. J'écrivis les trois quarts d'une colonne ordinaire, racontant les choses en gros, et m'abstins d'y introduire rien de journalistique, pour des raisons qui avaient commencé à m'apparaître.

Keller montrait une joie insolente. Il allait câbler de Southampton au *World* de New-York, expédier son récit par la poste en Amérique le même jour, paralyser Londres avec ses trois colonnes de vedettes à peine cousues l'une à l'autre et ahurir la terre en général.

— Vous verrez ce que je tire d'un gros canard quand j'en tiens un, dit-il.

— Est-ce votre première visite en Angleterre ? demandai-je.

— Oui. Vous ne semblez pas apprécier la beauté de notre canard. C'est pyramidal — la mort du serpent de mer. Mais, bon Dieu, mon garçon, c'est la chose la plus énorme qu'on ait jamais offerte à un journal !

— Il est curieux de penser que cela ne paraîtra jamais dans aucun journal, n'est-ce pas ? dis-je.

Zuyland se tenait près de moi, et il approuva d'un rapide signe de tête.

— Que voulez-vous dire ? répliqua Keller. Si vous êtes assez Britisher[3] pour jeter au vent cette aubaine, pas moi. Je vous croyais journaliste.

— Je le suis. C'est pourquoi je sais. Ne faites pas l'âne, Keller. Souvenez-vous-en, je suis de sept siècles votre aîné, et ce que vos petits-fils apprendront peut-être d'ici cinq cents ans, je l'ai appris de mes grands-pères il y a cinq cents ans à peu près. Vous ne ferez rien, parce que vous ne pourrez pas.

Cette conversation se tenait en pleine mer, où tout semble possible, à quelques centaines de milles de Southampton. Nous passâmes les feux des Aiguilles à l'aurore, et le jour levant montra les villas de stuc sur leurs pelouses, l'implacable bon ordre de l'Angleterre — ligne sur ligne, mur sur mur, dock de pierre solide et môle de béton. Nous attendîmes une heure sous le hangar de la Douane, et il y eut amplement le temps de laisser le charme agir.

— Maintenant, Keller, face à la musique ! Le *Havel* part aujourd'hui. Il emporte le courrier et je vais vous conduire au télégraphe, dis-je.

J'entendis un soupir oppressé sortir de la bouche de Keller. L'influence de la terre l'enserrait de nouveau et l'affalait comme la plaine de Newmarket affale, dit-on, un poulain non habitué aux hippodromes en terrain découvert.

— Je veux retoucher ma machine. Nous ferions peut-être mieux d'attendre notre arrivée à Londres ? dit-il.

Zuyland, entre temps, avait mis en morceaux son récit et l'avait jeté par-dessus bord le matin même de bonne heure. Ses motifs étaient les miens.

Dans le train, Keller se mit à revoir sa copie, et chaque fois qu'il regardait les petits champs bien tenus, les villas rouges et les remblais de la ligne, le crayon bleu sabrait sans pitié à travers les feuillets. Il semblait avoir dragué le dictionnaire en fait d'adjectifs. Je ne pouvais pas m'en rappeler un qu'il n'eût pas employé. Cependant, c'était un joueur de poker parfaitement équilibré, et il ne montrait jamais plus de cartes qu'il n'en fallait pour prendre la poule.

— Est-ce que vous n'allez pas lui laisser le moindre mugissement ? demandai-je avec sympathie. Rappelez-vous, tout passe aux États-Unis, depuis le bouton de culotte jusqu'au double dollar.

— C'est justement là le chiendent, dit Keller à voix basse. Nous leur avons fait le coup si souvent avec des histoires de nourrice que, lorsqu'il s'agit de vérité pure… Je voudrais essayer la chose dans un journal de Londres. Là, cependant, vous avez la parole le premier.

— Pas le moins du monde. Je n'en dirai pas un mot dans nos feuilles. Je vous les laisse. Trop heureux. Mais, au moins, vous allez câbler chez vous ?

— Non. Pas si je peux faire le coup ici et épater les Anglais.

— Vous n'y arriveriez pas avec ce gâchis de trois colonnes d'en-têtes, croyez-moi. Ils ne s'épatent pas aussi vite que certaines gens.

— Je commence à le croire aussi. Est-ce qu'on s'étonne jamais de rien du tout dans ce pays-ci ! dit-il en regardant par la portière. Quel âge a cette ferme ?

— Neuve. Elle ne peut pas avoir plus de deux cents ans.

— Hum. Les champs aussi ?

— On doit tailler cette haie là-bas depuis quatre-vingts ans à peu près.

— La main-d'œuvre bon marché... hein ?

— Assez. Eh bien, je suppose que vous aimeriez essayer du *Times*, n'est-ce pas ?

— Non, dit Keller, en regardant la cathédrale de Winchester. Je pourrais aussi bien essayer d'électriser une meule de foin. Et penser que le *World* prendrait trois colonnes et en demanderait encore — et avec illustrations par-dessus le marché ! C'est dégoûtant.

— Mais le *Times* pourrait... commençai-je.

Keller lança son journal à travers le compartiment, et la feuille s'ouvrit, découvrant l'austère majesté de sa typographie massive, s'ouvrit avec le craquement d'une encyclopédie.

— Pourrait ? On *pourrait* aussi passer à travers la cuirasse d'un croiseur. Regardez cette première page !

— Ça vous produit cet effet, vraiment ? dis-je. Alors, je vous recommande d'essayer d'un journal léger et frivole.

— Avec une histoire comme la mienne — comme la nôtre ? C'est de l'histoire sainte !

Je lui montrai une feuille dont j'augurais qu'il la trouverait selon son cœur, car elle était rédigée à la mode américaine.

— Oui, ça rappelle assez chez nous, dit-il, mais ce n'est pas la chose. Non, je voudrais une de ces vieilles grosses colonnes du *Times*. Probable que je trouverai un évêque dans les bureaux, quant à cela.

En arrivant à Londres, Keller disparut dans la direction du Strand. Le détail de ses aventures, je l'ignore, mais il paraît qu'il fit invasion dans les bureaux d'un journal du soir, à 11 heures 45 du matin (je l'avais averti que les directeurs anglais travaillaient peu à cette heure-là), et cita mon nom comme celui d'un témoin prêt à attester la vérité de son histoire.

— On m'a mis dehors comme un boulet de canon, dit-il furieusement à déjeuner. À peine ai-je prononcé votre nom, que le vieux monsieur me charge de vous dire qu'ils en ont assez de vos mauvaises farces, que vous saviez les heures convenables pour venir si vous aviez quelque chose à leur vendre, et qu'ils vous verraient la corde au cou avant de vous aider à lancer une de vos infernales balançoires. Dites donc, quel record tenez-vous pour la vérité dans ce pays, hein ?

— Délicieux ! vous êtes parti du mauvais pied, voilà tout.

— Pourquoi ne pas laisser les journaux anglais tranquilles et ne pas câbler à New-York ? Tout passe là-bas.

— Ne voyez-vous pas que c'est justement à cause de cela ? répéta-t-il.

— Je m'en suis aperçu depuis longtemps. Vous ne voulez pas câbler, alors ?

— Si, je câblerai, répondit-il, sur le ton d'emphase exagéré des gens qui ne savent pas ce qu'ils veulent.

Cet après-midi-là, je le promenai d'un bout à l'autre de la ville, à travers les rues qui courent entre leurs trottoirs comme des canaux de lave tourmentée et sonore, sur les ponts bâtis en pierre éternelle, à travers des passages sous terre, — pavage et revêtement bétonnés sur un mètre d'épaisseur — entre des maisons qu'on ne reconstruit jamais, et le long de quais dont les marches semblent à l'œil comme taillées dans le roc vif.

Un brouillard sombre nous bloqua dans l'Abbaye de Westminster, et là, debout dans l'obscurité, j'entendais les ailes des siècles morts planer autour de la tête de Litchfield Keller, journaliste, de Dayton, Ohio, U. S. A., qui avait pour mission d'épater les *Britishers*.

Il trébuchait, l'air lui manquant dans l'épaisse ténèbre, et la rumeur lointaine du trafic grondait dans ses oreilles effarées.

— Allons au télégraphe ! m'écriai-je. N'entendez-vous pas le *World* de New-York qui demande à cor et à cri des nouvelles du grand serpent de mer, aveugle, blanc, et sentant le musc, frappé à mort par un volcan sous-marin, assisté dans son agonie par une tendre épouse et décrit en personne naturelle par un citoyen américain, l'ingénieux, talentueux, et joyeux nouvelliste de Dayton, Ohio ? Hourrah pour Bas-de-Cuir ! Qu'on se débrouille ! À deux battants ! Szz ! Boum ! Aah ?

Keller sortait de Princeton[4], et avait besoin d'encouragements.

— Vous me tenez sur votre propre terrain, dit-il, en fourrageant avec violence dans la poche de son pardessus. Il en tira sa copie, avec les formules télégraphiques — car il avait écrit sa dépêche — et me remit le tout en grondant :

— Je vous passe la main. Ah ! Si je n'étais pas venu dans votre pays de malheur… Si je l'avais envoyée de Southampton… Si jamais je vous repince à l'ouest des Alleghanies, si…

— Ça ne fait rien, Keller. Ce n'est pas votre faute. C'est la faute du pays. Si vous aviez eu sept cents ans de plus, vous auriez fait ce que je vais faire.

— Qu'allez-vous faire ?

— Raconter le tout comme un mensonge.

— De la fiction ?

Il mit dans ce mot la plénitude de son dégoût de journaliste pour cette branche bâtarde de sa profession.

— Dites comme vous voudrez ; moi, j'appellerai cela un mensonge.

Et j'en ai fait un mensonge, en somme ; car la Vérité est une dame toute nue, et si par accident elle se trouve arrachée du fond de la mer, il sied à un gentleman ou bien de lui donner un petit jupon imprimé ou de se tourner le nez au mur et de jurer qu'on n'a rien vu.

1. ↑ Nom familier des Espagnols et des Portugais en Angleterre, depuis les jours de l'Armada.
2. ↑ Degrés Fahrenheit.
3. ↑ Américanisme pour Anglais.
4. ↑ Université américaine.

AMOUR-DES-FEMMES

L'HORREUR, la confusion, le meurtrier isolé de ses camarades, tout cela était fini avant mon arrivée. Il ne restait, dans la cour du quartier, que du sang d'homme par terre, qui criait du sol. Le chaud soleil l'avait réduit à une pellicule noirâtre, pas plus épaisse qu'une feuille d'or battu, qui se craquelait en losange, sous la chaleur ; et, comme le vent se levait, chaque losange, se soulevant un peu, frisait aux bords comme une langue muette. Puis une rafale plus forte balaya tout en grains de poussière sombre. Il faisait trop chaud pour rester au soleil avant l'heure du déjeuner. Les hommes étaient dans les casernes, en train de causer de l'affaire. Dans le quartier des ménages, un groupe de femmes de soldats stationnait à l'une des entrées, tandis qu'à l'intérieur une voix de folie s'étranglait en vilains mots orduriers.

Un sergent tranquille, de conduite irréprochable, venait d'abattre d'un coup de feu, en plein jour, juste après l'exercice du matin, un de ses propres caporaux, puis était rentré dans sa chambre et s'était assis sur un lit, en attendant que la garde vînt le chercher. Il s'ensuivait qu'on le traduirait en temps voulu devant le Conseil de Guerre pour le procès. En outre, mais c'est là plus qu'on n'eût pu lui demander de prévoir dans son plan de vengeance, il allait affreusement bouleverser mon travail ; car le compte rendu de la cause devait m'échoir, sans recours. Ce qu'il serait, ce procès, je le savais d'avance jusqu'à la lassitude. Il y aurait le fusil qu'on aurait pris soin de ne pas nettoyer, souillé de taches au canon et à la culasse, sur lequel viendraient prêter serment une demi-douzaine de témoins militaires et superflus ; il y aurait la chaleur, la buée étouffante, qui font glisser et chavirer le crayon humide entre les doigts ; et le punkah ferait son bruit monotone, et les plaideurs jacasseraient sous les vérandas, et le capitaine de l'accusé apporterait des certificats de moralité à l'actif du prisonnier, tandis que le jury soufflerait et que les effets de toiles des témoins jetteraient une odeur de teinture et de potasse. Puis, quelque abject balayeur de chambrée perdrait la tête au cours de l'interrogatoire, et le jeune avocat qui plaide toujours les causes militaires en vue du crédit qu'elles ne lui apportent jamais, dirait et ferait des choses étonnantes, après quoi il s'en prendrait à moi de n'avoir pas transcrit ses paroles avec exactitude. Enfin, car on ne le pendrait certainement pas, je retrouverais peut-être l'accusé, en train de quadriller des bordereaux en blanc dans la prison Centrale, et lui relèverais le moral avec l'espoir d'une place de chiourme aux Andamans[1].

Le code pénal indien et ses interprètes ne traitent pas le meurtre en plaisanterie, à quelque provocation qu'ait obéi le meurtrier. Le sergent Raines, à mon avis, aurait beaucoup de chance s'il s'en tirait avec sept ans. Il avait passé la nuit entière à cuver l'injure, et tué son homme à vingt mètres avant aucun échange de paroles possible. J'en savais assez là-dessus. À moins donc qu'on ne fit un brin de toilette à la cause, sept ans seraient le maximum ; et, à mon idée, il se trouverait excessivement à propos pour le sergent Raines de s'être fait aimer dans sa compagnie.

Ce même soir — il n'y a pas de jour plus long que le jour d'un meurtre — je rencontrai Ortheris avec les chiens, et il entra de suite, avec un air de défi, dans le vif du sujet.

— Je serai témoin, dit-il. J'étais sous la véranda quand Mackie est arrivé. Il venait de chez Mrs. Raines. Quigley, Parson et Trot, ils étaient, eux, dans l'autre véranda ; ils n'ont rien pu entendre. Le sergent Raines me parlait sous la véranda et voilà Mackie, qui s'amène dans la cour et qui dit : « Eh bien, » qu'il dit, « il tient encore, votre casque, sergent ? »

En entendant ça, voilà Raines qui reprend sa respiration et qui dit : « Nom de Dieu, j'peux pas souffrir ça ! » qu'il dit, et il attrape mon fusil et tue Mackie. Compris ?

— Mais qu'est-ce que vous faisiez avec votre fusil sous la véranda extérieure, une heure après l'exercice ?

— Nettoyage, dit Ortheris, en me fixant du regard de plomb, opaque et intraitable dont il accompagnait ses mensonges de choix.

Il aurait tout aussi bien pu dire qu'il dansait tout nu, car en aucun temps son fusil n'avait réclamé curette ou chiffon vingt minutes après l'exercice. Le Conseil, toutefois, ignorerait sa routine.

— Et vous allez vous tenir à cela... sur le livre ? demandai-je.

— Oui. Comme une sacrée sangsue.

— Très bien, je n'ai pas besoin d'en savoir plus long. Rappelez-vous seulement que Quigley, Parson et Trot n'ont pas pu se trouver où vous dites sans entendre quelque chose ; et que, pour sûr, il devait y avoir, à ce moment, dans la cour quelque balayeur du quartier à se promener par là. Il y en a toujours.

— Ce n'était pas le balayeur. C'était le *beastie*[2]. Il est sûr.

Ainsi, j'acquis l'assurance d'ingénieux tripotages en perspective, et je plaignis l'avocat du Gouvernement qui dirigerait la poursuite.

À l'ouverture du procès, je le plaignis davantage, toujours prompt qu'il était à perdre son sang-froid et à traiter en affaire personnelle chaque cause perdue. Le jeune avocat de Raines avait, pour une fois, mis de côté sa passion inassouvie et Wellingesque pour les alibis et la folie, abjuré la gymnastique et les feux d'artifice, et travaillé sérieusement pour son client. Dieu merci, la saison chaude n'était qu'à son début, et il n'y avait pas eu encore de cas flagrants de fusillade dans les casernes ; en outre le jury était passable, même pour un jury de l'Inde, où neuf membres au moins sur douze ont l'habitude de peser les témoignages. Ortheris tint bon sans se laisser ébranler par les contre-interrogatoires. Le seul point faible de son histoire — la présence du fusil sous la véranda extérieure — passa sans peine au crible de la sagesse civile, bien que, parmi les témoins, quelques-uns ne pussent s'empêcher de sourire. L'avocat du Gouvernement réclama la potence, en soutenant jusqu'au bout la question de meurtre prémédité. Un laps suffisant avait permis, soutenait-il, les réflexions qui se présentent si naturellement à un homme dont l'honneur est perdu. Il y avait aussi la loi, toujours prête, en son désir de réparer les torts dont le soldat a pu souffrir, en tant que des torts aient existé jamais. Mais il doutait grandement qu'il y eût des torts en suffisance. Des soupçons sans cause, couvés depuis trop longtemps, avaient mené, suivant sa théorie, au crime délibéré. Mais ses tentatives pour atténuer le motif avortèrent. Le témoin le plus étranger à l'affaire connaissait — avait connu depuis des semaines — les griefs de l'inculpé ; et celui-ci, qui naturellement avait été le dernier de tous à savoir, gémissait sur son banc à entendre ces choses. La vraie question autour de laquelle tournait le procès était de savoir si Raines avait ou non tiré sous l'impulsion aveugle et soudaine d'une provocation essuyée le matin même ; or, au résumé des témoignages, il parut clair que celui d'Ortheris avait porté juste. Il avait imaginé, par un raffinement d'art, de suggérer que, personnellement, il détestait le sergent, lequel était venu sous la véranda lui administrer une semonce pour insubordination. Dans un moment de faiblesse, l'avocat du Gouvernement posa une question de trop.

— Faites excuse, Monsieur, répliqua Ortheris, il m'appelait « sacré petit avoué de malheur ».

La Cour pouffa. Le jury rapporta un verdict de culpabilité, mais avec toutes les circonstances atténuantes du ciel et de la terre, et le président porta sa main à son front avant de rendre la sentence ; et, dans la gorge de l'accusé, on voyait descendre et monter sa pomme d'Adam, comme le mercure pompe avant un cyclone.

En considération de tous les considérants, depuis le certificat de bonne conduite délivré par son capitaine, jusqu'à la perte assurée de sa pension, son grade et son honneur, l'accusé était condamné à deux ans, à faire dans l'Inde, et… on était prié de s'abstenir de manifester devant la cour. L'avocat du Gouvernement fronça les sourcils et ramassa ses papiers, la garde fit demi-tour avec un cliquetis d'armes, et l'accusé, abandonné au bras séculier, fut ramené à la prison dans une *ticca-gharri*[3] démolie.

Sa garde et quelque dix ou douze témoins militaires, d'importance moindre, reçurent l'ordre d'attendre jusqu'à ce qu'on appelle officiellement la fraîcheur du soir pour retourner à leurs cantonnements. Ils s'assemblèrent dans une des vérandas en briques rouge sombre d'un violon hors d'usage, et félicitèrent Ortheris qui portait avec modestie les honneurs de la journée. J'envoyai mes notes à la rédaction et les rejoignis. Ortheris regarda l'avocat du Gouvernement s'éloigner en voiture pour aller déjeuner.

— En voilà un sale petit boucher, avec son caillou chauve, dit-il. Il ne me revient pas. Il a un *colley*[4], n'empêche, qui ferait l'affaire. Je remonte à Murree dans une semaine. Ce cabot-là me rapportera quinze roupies n'importe où.

— Tu feras bien de te faire dire des messes avec, dit Térence[5] en débouclant son ceinturon.

Il avait fait partie de la garde du prévenu, au garde-à-vous et casque en tête depuis trois longues heures.

— Pas moi, dit Ortheris avec bonne humeur. Dieu les portera un de ces jours à la masse de la deuxième pour détérioration de locaux. Tu as l'air vanné, Térence.

— Ma foi, on n'est plus jeune comme on était. Ce montage de garde-là, ça vous use la plante des pieds, et ici — il renifla avec mépris les briques de la véranda — on est aussi mal assis que debout !

— Attendez une minute. Je vais chercher les coussins de ma charrette, dis-je.

— Mince de sofa ! On se la coule, dit Ortheris, comme Térence s'affalait en trois temps sur les coussins de cuir, en disant avec grâce :

— Que le bon Dieu ne vous refuse jamais un bon coin où que vous alliez, ni l'avantage de le partager avec un ami. Un autre pour vous ? Voilà qui est bien. Je peux m'asseoir en long là-dessus. Stanley, passe-moi une pipe. Augrrh ! Et voilà encore un homme fichu à cause d'une femme. J'ai bien dû être de garde à quarante ou cinquante conseils, l'un dans l'autre, et ça me dégoûte davantage chaque fois.

— Voyons, vous avez été de garde pour Losson, Lancey, Dugard et Stebbing, autant que je me rappelle, dis-je.

— Oui, et avant, et encore avant — pour des douzaines d'autres, répondit-il avec un sourire blasé. Tout de même, il vaut encore mieux mourir que vivre pour elles. Quand Raines sortira de là — il change de tenue en ce moment à la prison — il pensera de même. Il aurait dû se tuer, et la femme avec, comme de juste. Il n'y a que les bons comptes… Voilà qu'il a laissé la femme — elle prenait le thé avec Dinah encore dimanche passé — et qu'il s'est laissé aussi. C'est Mackie, le veinard.

— Il est probable qu'il a chaud, là où il est, risquai-je, car je savais quelque chose des exploits du défunt caporal.

— Pour sûr, dit Térence, en crachant par-dessus le bord de la véranda. Mais, ce qu'il écope là-bas n'est que petit fourbi de campagne auprès de ce qu'il aurait eu ici, s'il avait vécu.

— Sûrement non. Il aurait continué et oublié… comme les autres.

— Connaissiez-vous bien Mackie, Monsieur ? dit Térence.

— Il était de la garde d'honneur à Pattiala, l'hiver dernier ; j'ai passé une journée à la chasse avec lui en *ekka*[6], et j'ai trouvé que c'était plutôt un garçon amusant.

— Le voilà bouclé pour les amusements, sauf ce qui est de se tourner du côté droit sur le gauche, d'ici à quelques années. Je connaissais Mackie, et j'en ai trop vu d'autres pour me tromper sur un homme. Il aurait pu continuer et oublier, comme vous dites, Monsieur, mais c'était un homme qui avait de l'éducation, et il s'en servait pour ses coups ; et cette éducation, le beau langage, et tout ça qui lui donnait moyen de faire ce qu'il voulait d'une femme, tout ça, en fin de compte, ça se serait tourné contre lui pour le déchirer tout vif. Je ne peux pas dire ce que je voudrais, parce que je ne sais pas comment, mais Mackie, c'était vivant et craché le portrait d'un homme à qui j'ai vu tirer les mêmes étapes, à la dernière près, et, qu'il n'ait pas fini comme Mackie, ça fut tant pis pour lui. Attendez un peu que je me rappelle maintenant. C'était quand j'étais dans le *Black Tyrone*[7], on nous l'expédia de Portsmouth ; et quel était donc son failli nom ?... C'était Larry... Larry Tighe ; et un du même détachement raconta que c'était un *gentleman-ranker*[8], sur quoi Larry l'empoigna et le tua aux trois quarts pour lui apprendre. Et c'était un grand gars, un fort gars, un beau gars, et tout ça pèse son poids avec quelques femmes ; mais, à les prendre en masse, pas avec toutes. Pourtant, c'était à toutes que Larry s'en prenait — à toutes — car il pouvait mettre le grappin sur n'importe quelle femme entre celles qui foulent la terre verte de Dieu, et il le savait. Comme Mackie en train de rôtir maintenant, il le savait, et jamais il ne mettait le grappin sur aucune femme, sauf et sinon pour la honte noire. Ce n'est pas moi qui devrais parler, Dieu sait, Dieu sait ; n'importe, dans mes... mésalliances, il n'y a jamais eu que pure diablerie, et c'est rudement fâché que j'étais, quand il s'en est suivi du mal. C'est pourquoi bien des fois, avec une fille, et avec une femme aussi, quand j'ai vu dans ses yeux qu'il y avait plus de grabuge en train que mes paroles n'auraient voulu faire, j'ai enrayé, tout planté là, pour l'amour de la mère qui m'a porté. Mais Larry, je pense, avait bu le lait d'une diablesse, car il n'en laissa jamais aller une du jour où, pour son malheur, elle l'avait écouté. C'était son affaire dans la vie, comme de monter la garde pour d'autres. Bon soldat avec ça. Il y a eu la gouvernante du colonel — et lui, simple troupier ! — jamais on n'avait dit un mot sur elle, au quartier ; et une des bonnes du major, qui était promise à un homme ; et quelques-unes encore, en ville ; quant à ce qui se passait chez nous autres, nous ne le saurons jamais jusqu'au jugement dernier. C'était son goût, à la rosse, de mettre le grappin sur les meilleures dans le tas — pas les plus jolies, tant s'en faut — mais ces sortes de femmes dont on jurerait, la main sur le Livre, qu'il ne leur est jamais venu en tête une idée seulement de faire des bêtises. Et c'est la raison, remarquez bien, pourquoi il ne fut jamais pincé. Il faillit, une ou deux fois, mais ça n'alla jamais jusqu'au bout, et il lui en coûta plus cher à la fin qu'au commencement. Il causait avec moi plus souvent qu'avec les autres, parce que, disait-il, n'était l'accident de mon éducation, j'aurais été la même espèce de diable que lui : « C'est-il probable, » qu'il disait, avec sa manière de porter haut la tête, « c'est-il probable que je me fasse jamais prendre ? Qu'est-ce que je suis, à la fin du compte ? Un damné troupier », qu'il disait. « Et c'est-il probable, penses-tu, que les gens de ma connaissance voudraient avoir rien à faire avec un simple soldat comme moi ? Avec le numéro dix mille quatre cent sept ? » qu'il disait en ricanant. Je voyais bien, à sa façon de dire les choses, quand il ne faisait pas exprès de parler troupier, que c'était un monsieur.

« J'y comprends rien du tout, » que je dis ; « mais je sais que c'est le diable en personne que tu as dans les yeux, et je ne marche pas pour ces affaires-là. Un brin de blague, histoire de rire, là où ça ne peut faire de mal à personne, c'est bel et bien, Larry, mais je me trompe fort si c'est l'histoire de rire pour toi, » que je dis.

« Tu te trompes très fort », qu'il dit. « Et je te conseille de ne pas juger les gens qui valent mieux que toi. »

« Mieux que moi ! » que je dis. « Dieu t'aide, Larry. Il n'y a, en tout ça, ni mieux ni meilleur ; c'est tout mauvais, tu t'en apercevras pour ton compte. »

« Tu n'es pas comme moi, » qu'il disait en secouant la tête.

« Les saints en soient loués, » que je dis. « Ce que j'ai fait est fait, et j'en ai eu de la peine, je le jure bien. Quand le moment viendra pour toi, tu te rappelleras ce que je dis. »

« Quand ce moment arrivera, je viendrai te trouver pour les consolations de l'âme, Révérend Père Térence. »

Et, là-dessus, il s'en allait à quelque autre manigance du diable — histoire d'accroître son expérience, comme il disait. Il était mauvais — mauvais jusqu'aux moelles — mauvais comme tout l'Enfer ! La nature ne m'a pas bâti pour avoir peur d'aucun homme ; mais, par Dieu, j'avais peur de Larry. Il arrivait à la chambre, le bonnet sur trois cheveux, se couchait sur son cadre et regardait le plafond, et de temps à autre, il faisait un petit rire, comme un caillou qu'on jette au fond d'un puits, et à cela, je connaissais qu'il méditait un nouveau coup, et j'avais peur. Tout cela se passait, il y a longtemps, longtemps, mais ça me fit marcher droit — pour un temps, au moins.

Je vous ai dit, n'est-ce pas, Monsieur, que je fus amené, par persuasion et caresses, à quitter le Tyrone à cause d'un ennui ?

— Quelque chose concernant un ceinturon et la tête d'un homme, est-ce cela ?

Térence n'avait jamais raconté toute l'histoire.

— C'est ça même. Ma parole, chaque fois que je suis de garde au conseil de guerre pour un autre, je me demande pourquoi je n'ai pas été un jour à sa place. Mais mon homme, à moi, joua partie franche et eut le bon sens de ne pas mourir. Pensez à tout ce que l'armée aurait perdu, s'il s'était laissé glisser ! On me supplia de permuter, et mon capitaine fit une démarche auprès de moi. Je partis pour ne pas le désobliger, et Larry me dit qu'il regrettait rudement de me perdre — ce que j'avais fait pourtant pour lui donner des regrets, je ne m'en doute guère. C'est ainsi que j'entrai au Vieux Régiment, en laissant Larry s'en aller au diable de son côté, et ne m'attendant plus à le revoir, sauf à quelque conseil pour coup de fusil en caserne… Qui est-ce là-bas qui sort du *compound*[9] ?

L'œil prompt de Térence avait aperçu un uniforme blanc qui se défilait derrière la haie.

— Le sergent est parti en ronde, dit une voix.

— Alors, c'est moi qui commande ici, et je n'entends pas qu'on fiche le camp au bazar, pour être obligé d'aller vous chercher avec une patrouille à minuit. Nalson, je sais que c'est toi, reviens sous la véranda.

Nalson, découvert, revint en maugréant vers ses camarades. Il s'éleva un murmure qui s'éteignit au bout d'une minute ou deux, et Térence, changeant de côté, continua :

— Ce fut la dernière fois que je vis Larry, du moins pour un moment. Les permutations, c'est comme la mort pour ce qui est de ne plus penser aux gens, sans compter que j'épousai Dinah, ce qui m'empêcha de me rappeler le temps passé. Puis nous partîmes en campagne, et ça me déchirait le cœur de laisser Dinah au dépôt à Pindi. Conséquemment, une fois au feu, je me battis circonspectueusement, jusqu'à ce que je m'échauffe, et alors j'y allai deux fois plus dur. Vous vous rappelez ce que je vous ai raconté à la porte du quartier, sur la bataille de Silver's Theatre ?

— Qui est-ce qui parle de Silver's Theatre ? dit vivement Ortheris par-dessus son épaule.

— Personne, petit homme. C'est une histoire que tu connais. Comme je le disais, après le combat, nous autres du Vieux Régiment et ceux de Tyrone on était tous mélangés ensemble à faire le compte des morts, et, comme de juste, j'allais de-ci de-là voir si je retrouverais quelqu'un qui se souviendrait de moi. Le second homme que je rencontre — et comment je ne l'avais pas vu pendant l'affaire, du diable si je le sais — c'était Larry, toujours beau garçon, mais plus vieux, par la raison du motif. « Larry, que je dis, comment va ? » — « Tu te trompes de nom, » qu'il me dit, avec son sourire de monsieur. « Larry est mort depuis ces trois années. On l'appelle « Amour-des-femmes » maintenant, » qu'il dit.

Je vis, par là, que la vieille folie le tenait encore, mais le soir d'un combat ça n'est guère le moment pour se confesser, et on s'assit tous deux, affaire de reparler de l'ancien temps.

« On me dit que tu es marié, » qu'il dit en fumant sa pipe à petites bouffées. Es-tu heureux ? »

« Je le serai, une fois de retour au Dépôt. C'est une drôle de lune de miel. Je n'ai poussé qu'une reconnaissance. »

« Je suis marié aussi, » qu'il dit, en soufflant à bouffées de plus en plus ralenties, le bout du doigt sur le fourneau de la pipe.

« Mes souhaits de bonheur », que je dis.

« C'est la meilleure nouvelle que j'aie apprise depuis longtemps. »

« Crois-tu ? » qu'il dit ; et alors, il se mit à parler de Silver's Theatre, et il réclamait déjà de la besogne. J'étais content pour ma part de rester par terre à écouter chanter les couvercles des marmites.

Quand il se releva, il chancela un peu et se pencha tout tordu.

« Tu as écopé plus que ton compte, » que je lui dis. « Fais l'inventaire, Larry. Tu dois être blessé. »

Il fait demi-tour, raide comme une baguette de fusil, et se met à me damner du haut en bas et à me traiter de singe malappris à gueule d'Irlandais. Si ç'avait été au quartier, je le dégringolais sur place, un point, c'est tout ; mais c'était devant l'ennemi, et, après une bataille comme celle de Silver's Theatre, je savais qu'il n'y avait pas à demander compte à un homme de son humeur. Il aurait aussi bien pu m'embrasser. Dans la suite, je fus bien content d'avoir gardé mes poings dans le rang. Alors, voilà notre capitaine Crook — Cruik-na-bulleen[10] — qui arrive. Il venait de causer au petit gosse d'officier du Tyrone. « Nous sommes tous hachés menu comme paille, » qu'il dit, « mais les Tyrones sont salement à court de sous-offs. Allez-vous-en chez eux, Mulvaney, et faites le sergent, le caporal, le fourrier, tout ce que vous pourrez mettre la main dessus jusqu'à ce que je vous dise halte. »

Je passai au Tyrone et pris le commandement. Il ne restait qu'un sergent valide, et on ne faisait pas attention à lui. Le reste, c'était moi, et il était grand temps que j'arrive. Je parlai aux uns, je ne dis rien aux autres, mais, nom de Dieu, avant la nuit, les gars du Tyrone se mettaient au garde à vous, pour peu que ma pipe chante plus fort. Entre vous, moi et Bobs[11], je commandais la compagnie, et c'est pour ça que Crook m'avait mis là ; et le gosse d'officier le savait, et moi je le savais, mais la compagnie ne le savait pas. Et c'est là, notez bien, qu'on voit à l'œuvre ce mérite qui ne s'achète pour or ni pour trimage — le mérite du vieux soldat qui connaît l'ouvrage de son chef et s'en tire, pour lui, au doigt et à l'œil.

Puis, le Tyrone avec le Vieux Régiment accolés furent envoyés rôder et marauder dans les montagnes contiguës et désavantageuses. C'est une idée à moi qu'un général ne sait pas, la moitié du temps, quoi faire des trois quarts de son commandement. C'est pourquoi il s'accroupit sur son derrière et leur donne l'ordre de courir en rond autour de lui, pendant qu'il réfléchit. Quand, par l'opération de la nature, ils se font attirer dans quelque gros combat, sans l'avoir cherché du reste, il dit : « Pigez la supériorité de mon génie. Voilà où je voulais en venir. » On courut donc, en rond, en cercle et en travers, et tout ce qu'on y gagna ce fut de se faire canarder la nuit sous les tentes, d'emporter des *sungars*[12] vides la broche au bout du canon, et d'attraper des coups tirés de derrière les rochers, si bien qu'à la fin personne n'en pouvait plus — personne, sauf Amour-des-femmes. Ce métier de chien fouetté, pour lui, c'était manger et boire. Vingt dieux, il n'en avait jamais assez ! Moi qui savais bien que ce sont justement ces campagnes abrutissantes qui vous tuent vos meilleurs troupiers, et soupçonnant que, si je claquais, le gosse perdrait tous ses hommes en tâchant de sortir de là, je me couchais bien tranquille ; quand j'entendais un coup de fusil, je ramassais mes longues jambes derrière un caillou et détalais comme un zèbre en terrain découvert. Par Dieu, si j'ai conduit une fois le Tyrone en retraite, je l'ai conduit quarante ; Amour-des-femmes, lui, restait à tirer et tirailler derrière un rocher, attendant le moment où le feu chauffait plus ferme, alors, il se levait et tirait à hauteur d'homme. Il restait dehors aussi dans le camp, la nuit, à viser à toutes les ombres, car il ne prenait jamais une bouchée de sommeil. Mon officier — Dieu sauve sa petite âme ! — ne se rendait pas compte de la beauté de mes stratagèmes, et quand le Vieux Régiment nous croisait, ce qui arrivait une fois par semaine, il se trottait vers Crook, avec ses grands yeux bleus tout ronds, comme des soucoupes, et portait plainte contre moi. Je les entendis, une fois, causer à travers la toile de la tente, et je faillis rire ou presque.

« Il se sauve — il se sauve comme un lièvre, disait le gosse. C'est démoralisant pour mes hommes. »

« Sacré petit idiot que vous faites, dit Crook en riant. Il vous apprend votre métier. Avez-vous eu déjà une surprise, la nuit ? »

« Non, » dit cet enfant qui le regrettait fort.

« Avez-vous des blessés ? » dit Crook.

« Non, » répondit l'autre. « Ils n'en ont pas eu l'occasion. Ils suivent Mulvaney trop vite, » qu'il dit.

« Qu'est-ce que vous voulez de plus, alors ? » dit Crook. « Térence vous dégote, c'est net et clair, » qu'il dit. « Il sait ce que vous ne savez pas, c'est-à-dire qu'il y a temps pour tout. Il ne vous fichera pas dedans, » qu'il dit ; « mais je donnerais un mois de solde pour savoir ce qu'il pense de vous. »

Cela fit taire le gosse, mais Amour-des-femmes me cherchait des raisons pour tout ce que je faisais, et mes manœuvres en particulier.

« M. Mulvaney, » qu'il me dit, un soir, avec un air méprisant, « vous devenez très *jeldy*[13] sur vos pieds. Entre gens du monde, » qu'il dit, « entre gens du monde, cela ne s'appelle pas d'un joli nom. »

« Entre simples soldats, c'est différent, » que je fais. « Retourne à ta tente. Je suis sergent ici. » Il y avait dans ma voix juste ce qu'il fallait pour lui faire comprendre qu'à ce jeu-là il tenait sa vie entre ses dents. Il s'éloigna, et je remarquai que cet homme qui faisait des manières partait, au commandement de marche, avec un mouvement brusque, comme s'il avait reçu un coup de pied par derrière. Cette même nuit, il y eut un pique-nique de Paythans[14], dans les montagnes à côté, et une fusillade sur nos tentes à réveiller les morts.

« Couchez-vous tous, » que je dis, « couchez-vous et restez tranquilles. Ils ne feront que brûler des cartouches. »

J'entendis les pas d'un homme sur le sol, puis un Tini[15] qui se joignait au chœur. J'étais couché au chaud, pensant à Dinah et le reste, mais je sortis avec le clairon pour jeter un coup d'œil en cas de surprise ; le Tini crachait rouge sur le front de bandière et on voyait la hauteur à côté toute piquée d'étincelles par les coups de feu à longue portée. À la lueur des étoiles j'aperçus Amour-des-femmes sans ceinturon ni casque, assis sur un rocher. Il héla deux ou trois fois, et je l'entendis qui disait : « Il y a longtemps qu'ils devraient avoir la hausse. Ils viseront peut-être au feu. » Puis, il tira de nouveau, ce qui amena une nouvelle salve ; et une flopée de ces longs lingots qu'ils mâchent entre leurs dents arrivèrent en sautant parmi les rochers, comme des crapauds dans la nuit chaude. « Voilà qui est mieux », dit Amour-des-femmes. « Seigneur ! comme c'est long, comme c'est long ! » qu'il disait.

Et, là-dessus, il flambe une allumette et la lève au-dessus de sa tête.

Je pensais : « Il est fou, fou à lier. » Je fais un pas en avant, et la première chose qui m'arrive, c'est la semelle de mon soulier qui se met à claquer comme un guidon de cavalerie et le petit juif de mes doigts de pied qui me pince tout à coup. C'était un drôle de coup de fusil, bien envoyé — un lingot — qui n'avait éraflé ni chaussette ni peau, mais qui me laissait là, pied nu, sur les rochers. Là-dessus j'empoigne Amour-des-femmes par la peau du cou, je le jette derrière une pierre et à peine assis j'entends les balles qui grêlaient sur le sacré caillou.

« Va-t'en griller ailleurs tes allumettes du diable », que je dis en le secouant, « mais je n'ai pas envie de me faire tuer aussi. »

« Tu es venu trop tôt », qu'il dit. « Tu es venu trop tôt. D'ici une minute, ils ne m'auraient plus manqué. Sainte Mère de Dieu », qu'il dit, « pourquoi ne les as-tu pas laissés faire ? Maintenant c'est tout à recommencer. » Et il se cache la figure dans les mains.

« Alors, c'est donc ça, » que je dis en le secouant de nouveau, « c'est ça tes raisons de ne pas te conformer aux ordres. »

« Je n'ose pas me tuer moi-même », qu'il dit en tanguant de droite à gauche. « Mes mains, elles ne sauraient pas ; depuis un mois, pas une balle qui ait voulu de moi. Il me faut mourir à petit feu, » qu'il dit. « Mourir à petit feu. Mais, c'est l'enfer en attendant, » qu'il dit. — Il criait tout haut, comme une femme. « C'est l'enfer ! »

« Dieu nous garde tous ! » que je dis, car je voyais sa figure. « Ça peut-il se raconter ? S'il n'y a personne de tué dans ton histoire, il y a peut-être moyen d'arranger le mal. »

Là-dessus, il se mit à rire. « Te rappelles-tu ce que je disais dans la chambre du Tyrone, à propos des consolations de l'âme que je viendrais te demander ? Je n'ai pas oublié », qu'il dit. « Ça m'est revenu. Je suis maintenant au bout de mon rouleau, Térence. J'ai lutté des mois et des mois, mais la boisson même ne veut plus mordre. Térence », qu'il dit, « je ne peux plus être saoul ! »

Je vis alors qu'il disait vrai en parlant d'enfer, car lorsque la boisson n'a plus de prise, c'est que l'âme de l'homme est pourrie au fond de lui. Mais moi, pour ce que je valais, que pouvais-je lui dire ?

« Des diamants et des perles, » qu'il reprend. « Des diamants et des perles que j'ai jetés des deux mains — et qu'est-ce qui me reste ? Oh ! qu'est-ce qui m'est resté ? »

Il était là à trembler et claquer des dents contre mon épaule, et les lingots chantaient par-dessous nos têtes, et je me demandais si mon gosse, là-bas, aurait assez de bon sens pour faire tenir son monde tranquille, pendant toute cette fusillade.

« Tant que je n'ai pas pensé, » dit Amour-des-femmes, — « je n'ai pas vu, je ne voulais pas voir, mais je comprends maintenant tout ce que j'ai perdu. Le moment et l'endroit, les mots mêmes que j'ai dits quand ça fut mon plaisir de m'en aller tout seul à l'enfer… Mais sans ça, même sans ça, » qu'il dit en se tordant à faire peur, « je n'aurais pas été heureux. Il y avait trop de choses derrière moi. Le moyen d'y croire à son serment — moi qui avais violé le mien des dix et cent fois, rien que pour le plaisir de les voir pleurer ? Et il y a les autres, » qu'il dit. « Oh ! que faire — que devenir ? » Il se balançait toujours d'avant en arrière, et je crois bien qu'il pleurait comme une des femmes dont il avait parlé.

Une bonne moitié de ce qu'il me dit, c'était comme des ordres de brigade pour moi. Mais, d'après le reste, je devinais quelque chose de son mal. C'était le jugement de Dieu qui l'agrippait au talon, comme je l'en avais averti dans la caserne du Tyrone. Les lingots chantaient de plus belle autour de notre rocher, et je dis pour le distraire : « Chaque mal a son heure, » que je dis. « Ils vont tâcher de prendre le camp d'assaut d'ici une minute. »

Je n'avais pas parlé voilà un Paythan qui s'aboule à plat ventre, son couteau entre les dents, à pas vingt mètres de nous. Amour-des-femmes saute sur ses pieds en gueulant, l'homme le voit et court dessus (il avait laissé son fusil sous le rocher), le couteau en l'air. Amour-des-femmes ne bouge pas d'un cheveu, mais, par le Dieu vivant, vrai comme je l'ai vu, voilà une pierre qui tourne sous le pied du Paythan, et il s'étend de tout son long, pendant que le couteau s'en va dinguer à travers les rochers.

« Je te l'ai dit, je suis Caïn, » dit Amour-des-femmes. « À quoi bon le tuer ? C'est un honnête homme, lui — par comparaison. »

Je n'étais pas en train de discuter sur la morale des Paythans ; aussi, je mets la crosse du fusil d'Amour-des-femmes dans la figure de l'homme, et « Vite, au camp, » que je dis, « possible que ça soit l'assaut qui commence. »

Il n'y eut pas d'assaut, en fin de compte, malgré qu'on était resté l'arme à l'épaule à les attendre, histoire de voir venir. Le Paythan devait s'être amené seul, par malice ; et, au bout d'un moment, Amour-des-femmes retourna à sa tente avec ce drôle de tangage en demi-cercle dans la marche où je ne pouvais rien comprendre.

Pauvre bougre, je le plaignais, d'autant plus qu'il me fit penser, le reste de la nuit, au jour où j'avais été nommé caporal, où je ne faisais pas fonction de lieutenant encore, et à un tas d'idées qui ne me valaient rien.

Vous comprenez, après cette nuit-là, on en vint à causer pas mal ensemble, et, petit à petit, ce que je soupçonnais se tira au clair. C'étaient tous ses mauvais coups, toutes ses canailleries qui lui retombaient dessus, lourd et dur, comme la boisson vous terrasse quand on n'a pas dessaoulé de huit jours. Tout ce qu'il avait fait, et lui seul aurait pu en faire le compte, tout cela lui revenait, et son âme ne trouvait plus un instant de repos. C'était la folie, la peur sans cause apparente, et pourtant — pourtant qu'est-ce que je raconte là ? Il aurait accepté la folie et dit merci encore. Au delà des remords de cet homme, — ceux-là passaient déjà la résistance humaine et c'était affreux à voir ! — il y avait autre chose de pire que tous les remords. Sur les douzaines et douzaines de femmes qu'il revoyait dans sa tête (et de les voir passer toutes, cela le rendait fou), il y en avait une, voyez-vous, et ça n'était pas la sienne, dont l'idée lui fouillait comme un coup de couteau dans le vif des moelles. C'était cette fois-là, qu'il disait, cette fois-là qu'il avait jeté diamants et perles sans compter, et alors il recommençait, comme un *byle*[16] aveugle dans un moulin à huile, qui tourne toujours dans le même rond, à se dire (lui qui avait passé toute chance de connaître jamais le bonheur de ce côté-ci de l'enfer !) combien il aurait été heureux avec elle. Plus il y pensait, plus il se ressassait qu'il avait perdu la chance d'un bonheur épatant ; puis, il reprenait toute son histoire à rebours pour conclure en pleurant que rien, d'une façon ou d'une autre, n'aurait pu le rendre heureux jamais.

Des fois, des fois, et bien d'autres, sous la tente, à l'exercice, au feu aussi, j'ai vu cet homme-là fermer les yeux et rentrer le cou, comme on plongerait en voyant briller une baïonnette à hauteur d'œil. C'était alors qu'il me disait, que la pensée de tout ce qu'il avait perdu se dressait devant lui et le brûlait comme un fer rouge. Ce qu'il avait fait aux autres, il le regrettait, quoique, au fond, ça lui était égal ; mais, cette femme dont je vous ai parlé, crénom de bleu ! elle lui fit, à elle seule, payer deux fois pour toutes les autres. Je n'aurais jamais cru qu'un homme pouvait endurer pareil tourment sans que le cœur lui éclate entre les côtes, et j'ai vu pourtant — Térence fit tourner lentement le tuyau de sa pipe entre ses dents — quelques sales moments dans ma vie. Eh bien ! tout ce que j'ai jamais souffert ne vaut pas la peine d'en parler à côté de *lui*,... et que pouvais-je faire ? Des prières pour le deuil qu'il se faisait, autant lui offrir des petits pois en cosse !

Un beau jour, vint la fin de notre balade dans la montagne, et, grâce à moi, sauf excuse, il n'y eut au bilan ni gloire ni malheur. La campagne se tirait, et on rassemblait tous les régiments avant de les renvoyer chez eux. Amour-des-femmes se mangeait les sangs de n'avoir rien à faire, rien qu'à penser tout le temps. J'ai entendu cet homme-là causer à sa plaque de ceinturon, à ses montures de fusils, tout en les astiquant, rien que pour s'empêcher de penser ; et, chaque fois qu'il se levait après être resté assis, ou qu'il se remettait en marche, il partait avec cette ruade en manière d'embardée dont je vous ai parlé — ses jambes qui semblaient fiche le camp de tous côtés à la fois. Il ne voulait jamais voir le major, quoi que je lui dise. Il me jurait après du haut en bas en remerciement de mes conseils. Mais je savais qu'il n'était pas plus responsable de ce qu'il disait que le gosse du commandement de sa compagnie, et je laissais marcher sa langue, histoire de se soulager.

Un jour — c'était au retour — je me promenais par le camp avec lui, quand il s'arrête et frappe le sol du pied trois ou quatre fois d'un air de doute. Je dis : « Qu'est-ce que c'est ? » « C'est-il de la terre ? » qu'il dit. Je me demandais si sa tête s'en allait, quand voilà le major qui s'amène — il revenait d'anatomiser un bœuf mort. Amour-des-femmes veut partir au pas allongé et m'envoie un coup de pied dans le genou, pendant que ses jambes se préparent au mouvement de : En avant !

« Hé là, » dit le major ; et la figure d'Amour-des-femmes, qui était toute grillée de petites rides, devint rouge brique.

« Garde à vous, » dit le major. Amour-des-femmes joignit les talons. « Maintenant, fermez les yeux, » dit le major. « Non, il ne faut pas vous tenir à votre camarade. »

« C'est fini, » dit Amour-des-femmes, en essayant de sourire. « Je tomberais, docteur, et vous le savez bien. »

« Tomber ! » que je dis. « Tomber au garde à vous avec les yeux fermés ! Qu'est-ce que tu veux dire ? »

« Le major le sait, » qu'il dit. « J'ai tenu bon tant que j'ai pu ; mais, nom de Dieu, je suis bien content que ce soit fini. L'ennui, c'est que je serai long à mourir, » qu'il dit, « très long à mourir. »

Je voyais, à l'air du major, qu'il avait pitié du pauvre diable, et de tout son cœur ; il lui ordonna l'hôpital. Nous revînmes ensemble, et j'en perdais la parole d'étonnement.

Amour-des-femmes s'écroulait, s'émiettait à chaque pas. Il marchait, une main sur mon épaule, en pivotant sur le côté, tandis que sa jambe droite ramait comme un chameau boiteux. Et moi qui ne me doutais pas plus que les morts de ce qu'il avait. C'était tout à fait comme si un mot du docteur avait tout fait — comme si Amour-des-femmes n'avait attendu que ce mot pour se laisser aller tout à trac.

À l'hôpital, il dit au major quelque chose que je ne pus attraper.

« Cré mâtin ! » que dit le major. « Qu'est-ce que c'est que ces manières de donner des noms à vos maladies ? C'est contre tous les règlements. »

« Je ne serai plus soldat longtemps, » dit Amour-des-femmes de sa voix de monsieur. Et le docteur fit un saut.

« Voilà un cas pour vous, docteur Lowndes, » qu'il dit.

C'est la première fois que j'ai entendu appeler un major par son nom.

« Adieu, Térence, » dit Amour-des-femmes. « Je suis un homme mort et sans le plaisir de mourir. Tu viendras me faire visite quelquefois, pour la plus grande paix de mon âme. »

Or, j'avais eu dans l'idée de demander à Crook de me reprendre au Vieux Régiment ; on ne se battait plus, et j'en avais plein le dos des gars du Tyrone et de leurs manières ; mais je changeai d'avis, je restai, afin d'aller voir Amour-des-femmes à l'hôpital. Comme je vous l'ai dit, Monsieur, l'homme me claquait dans la main en petits morceaux.

Depuis combien de temps il se maintenait et se forçait à marcher droit, je n'en sais rien ; mais, à l'hôpital, moins de deux jours plus tard, c'est à peine si je pouvais le reconnaître. Je lui donnai une poignée de main ; il serra la mienne assez fort, mais ses mains à lui se promenaient partout à la fois, et il ne pouvait pas boutonner sa tunique.

« Je mettrai longtemps, longtemps encore à mourir, » qu'il dit, « le prix du péché ressemble à l'intérêt dans les caisses d'épargne régimentaires — c'est sûr, mais il faut un sacré temps avant de toucher. »

Le major me glisse, un jour, en douceur : « Est-ce que Tighe, là-bas, a quelque chose en tête ? » qu'il dit. « On croirait qu'il se ronge. »

« Comment pourrai-je savoir, Monsieur le major ? » que je dis, plus innocent qu'un ange.

« On l'appelle Amour-des-femmes, dans le Tyrone, n'est-ce pas ? » qu'il dit. « Ma question était stupide. Restez avec lui autant que vous pourrez. Il se tient encore à votre force. »

« Mais qu'est-ce qu'il a, major ? » que je dis.

« On appelle cela Attaques-y Locomotive[17], » qu'il dit, « parce que, » qu'il dit, « cela nous attaque comme une locomotive, si vous savez ce que cela veut dire. Et cela vient, » qu'il dit en me regardant, « cela vient d'être appelé Amour-des-femmes. »

« C'est pour rire, major, » que je dis.

« Pour rire ! » qu'il dit. « Si jamais vous vous sentez dans votre brodequin une semelle de feutre au lieu du poil de vache du gouvernement, venez me trouver, » qu'il dit, « et je vous ferai voir si c'est pour rire. »

Vous ne le croirez pas, Monsieur, mais ça et puis de voir Amour-des-femmes pincé tout à coup sans prévenir, tout ça me ficha une frousse si diabolique de l'attaques-y, que, pendant plus d'une semaine, je m'en allai, me cognant les doigts de pied aux pierres et aux souches pour le plaisir de sentir que ça faisait mal.

Et Amour-des-femmes demeurait là, couché sur son lit (y avait beau jour qu'il aurait pu descendre avec un convoi de blessés, mais il demanda à rester avec moi), et ce qu'il avait dans l'esprit lui pesait dessus de tout son poids nuit et jour, jour et nuit, à chaque heure, et il se ratatinait comme une portion de viande de bœuf au soleil, et ses yeux ressemblaient à des yeux de hibou, et ses mains n'obéissaient plus.

On remmenait les régiments un par un, la campagne étant finie, mais, selon l'habitude, tout marchait comme si jamais un régiment n'avait été déplacé de mémoire d'homme. Pourquoi ça, dites-moi, Monsieur ? On se bat, tout compte fait, ici ou là, neuf mois sur douze, dans l'armée. C'est ainsi depuis des ans et des ans, et on pourrait croire que, depuis le temps, ils auraient attrapé le truc de pourvoir à la troupe. Mais non ! On dirait chaque fois un pensionnat bousculé par un gros taureau rouge en allant à vêpres, et « Sainte Mère de Dieu », que geint l'intendance, et les chemins de fer, et les chefs de chambrée, « qu'allons-nous devenir ? » L'ordre nous arriva de descendre, au Tyrone, au Vieux Régiment et à une demi-douzaine d'autres ; puis, c'était tout, les ordres se muselaient là. Nous descendîmes, par une grâce spéciale de Dieu — nous descendîmes, c'était par le Khyber, en tous cas. Il y avait des malades avec nous, et je me doute que plus d'un en mourut à force d'être secoué dans les *doolies*[18], mais ils ne demandaient qu'à mourir comme ça, pourvu qu'ils arrivent plus tôt vivants à Peshawer. Je marchais à côté d'Amour-des-femmes — on allait au pas de route — et Amour-des-femmes n'était guère en train de continuer. « Si seulement j'étais mort là-haut, qu'il disait à travers les rideaux du *doolie*. » Puis, il se tournait les yeux, et rentrait le cou à cause des idées qui le bourrelaient.

Dinah était au Dépôt à Pindi, mais je ne m'emballais pas, car je savais bien que c'est juste au bas bout de la queue des choses que la chance peut tourner. Par exemple, j'avais vu un conducteur de batterie passer au trot en chantant : « *Home, sweet home !* » à plein gosier, et sans faire attention à sa gauche, — j'avais vu cet homme tomber sous le canon au milieu d'un mot, et sortir derrière le caisson comme… comme une grenouille sur un pavé. Non, ce n'est pas moi qui me presserais ; pourtant, Dieu sait, mon cœur ne pensait qu'à Pindi. Amour-des-femmes vit ce que j'avais en tête, et : « Va, Térence, je sais ce qui t'attend. » « Je n'irai pas, » que je dis, « ça peut tenir encore un bout de temps. »

Vous connaissez le coude de la passe devant Jumrood et la route de neuf milles en terrain plat qui mène à Peshawer ? Tout Peshawer se tenait là, jour et nuit, le long de cette route, à attendre des amis — hommes, femmes, enfants et musiques. Quelques troupes campèrent autour de Jumrood, et d'autres continuèrent sur Peshawer pour regagner leurs cantonnements. Voilà que nous débouchons de la passe, le matin, à la première heure, après avoir veillé toute la nuit, et nous entrons, en pleine salade, au beau milieu de la mêlée. Sainte Mère de Dieu, oublierai-je jamais ce retour ? Le jour n'était pas encore tout à fait levé, et la première chose que nous entendons, c'est : *For 'tis my delight of a shiny night* par une musique qui nous prenait pour le deuxième bataillon du Lincolnshire. Là-dessus on est forcé de gueuler pour se faire connaître, et quelqu'un lance *The wearing of the green*[19]. Cela me mit des fourmis tout le long du dos, rapport qu'on n'avait pas déjeuné. Puis, vlan ! dans notre arrière-garde, vient s'épater le restant des Jock Elliott's[20] avec quatre cornemuses et pas la moitié d'un kilt à eux quatre, jouant comme si leur vie en dépendait, et tortillant du râble comme des lapins, plus un régiment indigène hurlant : Au meurtre ! au feu ! Vous n'avez jamais rien entendu de pareil ! Il y avait là des hommes qui pleuraient comme des femmes — et, ma foi, je ne les en blâme pas ! Là où je n'y tins plus, ce fut de voir la musique des lanciers luisants et fourbis comme des anges, le cheval timbalier en tête, et les timbales d'argent, et tout, et tout, attendant leurs hommes qui venaient derrière nous. Ils commencèrent à jouer le galop de cavalerie, et, nom de Dieu ! ces pauvres régiments, qui ne comptaient pas un sabot valide par escadron, y répondent, et les hommes avec, qui titubaient en selle ! Nous tâchons de leur envoyer un hurrah au passage, mais il ne sortit qu'une espèce de grosse toux, moitié grognement, de sorte qu'il devait y en avoir beaucoup qui se sentaient comme moi. Oh ! mais j'oublie ! Les *Fly-by-night*[21] attendaient leur second bataillon, et, lorsqu'il parut, marchait en tête — la selle vide — le cheval du colonel. Les hommes l'adoraient ; on peut le dire. Il était mort à Ali-Musjid, en revenant. Ils attendirent jusqu'à ce que le reste du bataillon fût en vue et alors — contre toute espèce d'ordres, car je vous demande un peu qui avait besoin d'un air pareil, ce jour-là ? — ils rentrèrent à Peshawer au pas d'enterrement, en jouant une marche funèbre à décrocher les entrailles à tous ceux qui entendaient. Ils passèrent juste devant notre front, et (vous connaissez leurs uniformes) noirs comme des ramoneurs, à leur pas lent de morts qui reviennent, pendant que les autres musiques les damnaient jusqu'à la gauche.

Ils s'en fichaient pas mal. Ils avaient le corps avec eux, et ils l'auraient mené de même à travers un couronnement. Nous avions l'ordre d'entrer dans Peshawer, et on allongea en dépassant les *Fly-by-night,* sans chanter, pour laisser cet air-là derrière. C'est ainsi qu'on prit la route des autres corps.

Les oreilles me tintaient encore lorsque je sentis dans mes os que Dinah venait ; j'entendis un cri, et alors je vis, dévalant sur la route, à tombeau ouvert, dans de l'écume et de la poussière, un cheval et un *tattoo*[22], et des femmes dessus. Je savais — je savais ! L'une, c'était la femme du colonel du Tyrone, la dame du vieux Beeker, ses cheveux gris au vent et sa grosse boule de carcasse qui roulait en selle, et l'autre, c'était Dinah, qui aurait dû être à Pindi. La dame du colonel charge la tête de notre colonne comme un mur de pierre, et fiche presque Beeker à bas du cheval, en lui jetant les bras autour du cou et bafouillant : « Mon gars ! mon gars ! » Dinah tourne à gauche et descend le long de notre flanc, et je lâche un hurlement qui avait souffert dans ma gorge depuis des mois, et... Dinah vint ! Pourrai-je oublier ça jamais tant que je vivrai ! Elle était venue de Pindi avec un sauf-conduit, et la dame du colonel lui avait prêté la *tattoo*. Elles avaient passé la nuit à s'embrasser et à pleurer l'une contre l'autre. Elle avait mis pied à terre et elle marchait sa main dans la mienne, me faisant quarante questions pour une, et me suppliant de jurer sur la Vierge que je n'avais pas de balle dissimulée dans mon individu, quelque part,... on ne sait jamais. Je me souvins alors d'Amour-des-femmes. Il nous guettait, et sa figure était comme celle d'un diable qui a cuit trop longtemps. Je n'avais pas envie que Dinah le voie, car lorsqu'une femme déborde comme ça de contentement, la plus petite chose qui arrive dans la vie peut la toucher et du mal s'ensuivre. C'est pourquoi je tirai le rideau. Amour-des-femmes retomba en arrière en gémissant.

Quand on prit le pas pour entrer à Peshawer, Dinah alla m'attendre au quartier, et moi, plus fier qu'un empereur pour le moment, je continuai ma route afin de conduire Amour-des-femmes à l'hôpital. C'était le moins que je pouvais faire, et, pour lui épargner la poussière et l'étouffement, je fis prendre aux porteurs une route bien en dehors de celle des troupes. Nous allions ainsi, moi causant à travers les rideaux.

Tout à coup je l'entends qui dit : « Laisse-moi voir. Pour l'amour de Dieu, laisse-moi voir. »

J'avais été si occupé à le garder de la poussière et à penser à Dinah, que je n'avais pas l'œil sur ce qui se passait autour de moi. Une femme à cheval nous suivait un peu en arrière ; et comme j'appris en en recausant plus tard avec Dinah, cette même femme devait avoir poussé très loin sur la route vers Jumrood. Dinah me dit qu'elle rôdait depuis la veille comme un vautour sur le flanc gauche des colonnes.

Je fis faire halte au *doolie* pour écarter les rideaux, et elle nous devança, au pas, tandis que les yeux d'Amour-des-femmes la suivaient comme s'ils avaient voulu la haler bas de sa selle.

« Suivez ! » qu'il dit. C'est tout. Mais jamais, ni avant ni depuis, je n'ai entendu un homme parler avec cette voix-là ; et à ce mot-là seul et le regard qu'il avait, je compris que c'était là Diamants-et-Perles dont il m'avait parlé dans son tourment.

Nous suivîmes jusqu'à ce qu'elle tourne dans l'enclos d'une petite maison située près d'Edwardes Gate. Il y avait deux filles sous la véranda, qui rentrèrent en courant, en nous voyant venir. En un clin d'œil j'avais vu quelle sorte de maison c'était. À la hauteur de la véranda, Amour-des-femmes dit, en reprenant haleine : « Arrêtez ici ! » Et alors, et alors, avec un han qui dut lui arracher le cœur du ventre, il se jette à bas du *doolie*, et, vrai comme je vous le dis, il reste debout sur ses pieds, tandis que la sueur lui coulait en ruisseaux du visage ! Si Makie entrait ici en ce moment, je serais moins épaté qu'en voyant ça. D'où il avait tiré la force de le faire, Dieu sait — ou le diable, — mais c'était un homme mort qui marchait au soleil, avec la figure d'un homme mort et le souffle d'un homme mort, tenu droit par une force invisible, avec des bras et des jambes de cadavre qui allaient au commandement.

La femme se tenait debout sous la véranda. Ç'avait été une beauté, elle aussi, malgré ses yeux qui se renfonçaient dans sa tête, et elle regardait Amour-des-femmes d'un œil terrible.

« Eh bien, » qu'elle dit, en renvoyant d'un coup de pied la traîne de sa jupe. « Eh bien, » qu'elle dit, « qu'est-ce que vous faites donc ici, l'homme marié ? »

Amour-des-femmes ne répondit rien, mais un peu d'écume lui vint aux lèvres, qu'il essuya de la main ; et il regardait, elle et la peinture qu'elle avait sur le visage, il la regardait, la regardait, la regardait.

« Et pourtant, » qu'elle dit avec un rire… (Avez-vous entendu rire la femme de Raines quand Mackie est mort ? Non ? Tant mieux pour vous.) « Et pourtant, » qu'elle dit, « qui en aurait droit mieux que vous ? » qu'elle dit. « C'est vous qui m'avez appris la route, c'est vous qui m'avez montré le chemin. Oui, vous pouvez regarder, car c'est votre ouvrage, à vous qui avez dit — vous en souvenez-vous ? — qu'une femme qui trompait un homme pouvait en tromper deux. J'ai été cette femme, » qu'elle dit, « cette femme et un peu plus ; vous répétiez souvent que j'apprenais vite, Ellis.

Regardez bien, car c'est moi qu'autrefois vous appeliez votre femme sous le regard de Dieu. » Et elle rit.

Amour-des-femmes se tenait immobile au soleil, sans répondre. Puis, il gémit et toussa une fois, et je crus que c'était le râle de la mort, mais il ne détacha pas une minute son regard du visage de la femme, pas la durée d'un clin d'œil.

« Que faites-vous ici ? » qu'elle dit. Puis, mot pour mot :

« Vous qui m'avez volé ma joie en mon homme, voilà cinq ans passés, qui avez brisé mon repos, tué mon corps et damné mon âme pour le plaisir de voir comment ça se faisait ? Vos aventures, plus tard, ont-elles jeté dans votre chemin une femme qui vous ait donné plus que moi ? Ne serais-je pas morte pour vous et avec vous, Ellis ? Vous savez cela au moins ! Si jamais âme qui meurt a vu vrai dans sa vie, vous savez cela. »

Et Amour-des-femmes redressa la tête et dit : « Je le savais. » Ce fut tout. Pendant qu'elle parlait, la Force le soutenait aussi droit qu'à la parade en plein soleil, pendant que la sueur dégouttait sous son casque. Mais ça devenait de plus en plus pénible pour lui de parler, et je voyais remuer sa bouche tordue.

« Que faites-vous ici ? » qu'elle dit. Sa voix monta. C'était comme si les cloches sonnaient d'avance. « Il y a un temps où les mots vous venaient vite, vous dont la voix m'a traînée à l'enfer. Êtes-vous muet, maintenant ? »

Et Amour-des-femmes, retrouvant sa langue, dit simplement, comme un petit enfant : « Puis-je entrer ? » qu'il dit.

« La maison est ouverte jour et nuit, » qu'elle dit avec un rire.

Et Amour-des-femmes baissa la tête et leva la main, comme s'il parait un coup. La Force était sur lui, toujours — elle continuait à le tenir debout, car, sur mon âme si je dois la sauver jamais, il monta les marches de la véranda, il monta, oui ce cadavre vivant à l'hôpital depuis un mois !

« Et maintenant ? » dit-elle en le regardant ; et les ronds de peinture rouge se détachaient sur le blanc de son visage comme une mouche sur une cible.

Il leva les yeux lentement, très lentement, et il la regarda longtemps, très longtemps ; puis il parvint à dire entre ses dents, d'un effort qui le secoua tout entier :

« Je meurs, Égypte[23] — je meurs, » qu'il dit.

Oui, ce sont ses propres paroles, car je me souviens du nom qu'il lui donna. Il prenait la couleur de la mort, mais ses yeux ne bougeaient pas. Ils étaient rivés — rivés sur elle. Sans parler ni prévenir, elle ouvrit tout grands les bras et dit : « Ici ! » (Oh, quelle voix d'or de miracle c'était !) « Meurs ici ! » qu'elle dit. Et Amour-des-femmes tomba la tête en avant, et elle le soutint, car c'était une grande belle femme.

Je n'eus pas le temps de détourner la tête, car, à cette minute, j'entendais l'âme de mon camarade qui le quittait — son âme arrachée dans le râle de la mort. La femme l'étendit sur une chaise longue et me dit : « Monsieur le soldat, » qu'elle dit, « ne voulez-vous pas attendre et causer avec une de ces demoiselles ? Le soleil lui a fait mal. »

Je savais bien que, de soleil, il n'en reverrait jamais, mais je ne pouvais pas parler, de sorte que je m'en allai, avec le *doolie* vide, à la recherche du docteur. Il n'avait fait que déjeuner et redéjeuner depuis qu'on était rentré, et il était plein comme une tique.

« Mâtin, vous êtes saoul rien de bonne heure, » qu'il dit quand je lui racontai la chose, « pour avoir vu cet homme-là marcher. À part un souffle ou deux de vie, c'était un cadavre avant de quitter Jumrood. J'ai grande envie, qu'il dit, de vous fiche dedans. »

« Il n'y a pas mal de boisson qui court en ce moment, monsieur le major, » que je dis, sérieux comme un œuf dur. « Ça se peut, comme vous dites, mais si vous voulez bien venir voir le cadavre dans la maison… »

« C'est dégoûtant, » qu'il dit, « de me demander de mettre les pieds dans un endroit pareil. Est-ce une jolie femme ? » qu'il dit. Et là-dessus, il se trotte avec moi au pas gymnastique.

Je vis tout de suite qu'ils étaient encore tous deux sous la véranda où je les avais laissés, et je compris à la manière dont pendait sa tête, à elle, et au bruit des corbeaux, ce qui était arrivé. C'est la première et dernière fois que j'ai vu une femme se servir de pistolet. Elles craignent le plomb, en général, mais Diamants-et-Perles, elle, n'avait pas peur, non pas !

Le major toucha la longue chevelure noire (elle était toute tombée sur la tunique d'Amour-des-femmes), et ça le dégrisa pour de bon. Il resta longtemps à regarder, les mains dans ses poches ; et, à la fin, il me dit : « voici une double mort pour causes naturelles, tout ce qu'il y a de plus naturelles ; et, en l'état présent de choses, le régiment sera reconnaissant d'avoir une fosse de moins à creuser. *Issiwasti*[24], » qu'il dit, « *issiwasti*, fusilier Mulvaney, ces deux-là seront enterrés ensemble, dans le cimetière civil, à mes frais ; et puisse le bon Dieu, » qu'il dit, « en faire autant pour moi quand viendra mon heure. Retourne auprès de ta femme, » qu'il dit. « Va prendre du bon temps. Je m'occuperai de tout ça. »

Je le laissai qu'il réfléchissait encore. Ils furent enterrés ensemble au cimetière civil, avec service et pasteur. Il y avait alors trop d'enterrements pour qu'on fit des questions, et le docteur — il s'est sauvé avec la femme du major — du major Van Dyce, la même année — s'occupa de tout, en effet. Les torts ou les raisons d'Amour-des-femmes et de Diamants-et-Perles, je n'en ai jamais rien su, ni n'en saurai rien jamais ; mais c'est leur histoire que je vous ai racontée, comme elle me revenait — par pièces et morceaux. Or, valant ce que je vaux, et sachant ce que je sais, voilà pourquoi je dis, dans cette affaire d'aujourd'hui, que Mackie, tout mort et damné qu'il est, c'est encore le plus heureux. Il y a des fois, Monsieur, où mieux vaut pour l'homme de mourir que de vivre et, par conséquent, pour la femme quarante millions de fois mieux.

. . . .
. . . .
. . . .
. . . .
. . . .
. . . .

« Houp ! » dit Ortheris. « Il est temps de partir. »

Les témoins et la garde s'alignèrent dans l'épaisse poussière blanche du crépuscule altéré, firent par le flanc et s'en allèrent au pas de route, en sifflant. Le long du chemin, jusqu'au tournant de l'église, j'entendis Ortheris, le crime noir du Livre parjuré tout frais encore sur les lèvres, qui scandait comme un fifre, avec un beau sentiment de l'à-propos des choses, le pas redoublé bien connu :

> *Oh, do not despise the advice of the wise,*
> *Learn wisdom from those that are older,*
> *And don't try for things that are out of your reach —*
> *An' that's what the Girl told the Soldier !*
> *Soldier ! Soldier !*
> *Oh, that's what the Girl told the Soldier*[25] *!*

1. ↑ Les îles Andamans servent de lieu de déportation aux condamnés de la justice anglo-indienne.
2. ↑ Ortheris veut dire le *bishti*, porteur d'eau indigène.
3. ↑ Sorte de voiture de place.
4. ↑ Chien écossais.
5. ↑ Térence Mulvaney, un des héros de *Soldiers three*, avec Ortheris, est Irlandais et catholique. Ortheris parle l'argot du cockney londonien.
6. ↑ Voiture indigène à deux roues.
7. ↑ Régiment irlandais.
8. ↑ Engagé de bonne famille, généralement sous un faux nom.
9. ↑ Enclos de maison isolée.
10. ↑ Sobriquet irlandais, textuellement : Crook-aux-garçons.
11. ↑ Lord Roberts.
12. ↑ Enceinte palissadée.
13. ↑ Vite, en hindoustani.
14. ↑ Pathans, tribus de la frontière du Punjab.
15. ↑ Fusil Martini-Henry.
16. ↑ Bœuf.
17. ↑ Jeu de mots intraduisible. Térence prononce Locomotrice Ataxis : Locomotrus attaks us.
18. ↑ Litière.
19. ↑ Célèbre chanson irlandaise, d'ailleurs séditieuse.
20. ↑ Régiment écossais.
21. ↑ Vole-la-nuit.
22. ↑ Poney.
23. ↑ « I am dying, Egypt » — <u>Antoine et Cléopâtre</u>. <u>Shakespeare</u>.
24. ↑ C'est pourquoi.
25. ↑ Ah ! ne méprisez pas les avis des plus sages ;
    Apprenez la sagesse des aînés,
    N'étendez pas la main plus loin que ne pouvez...
    Voilà ce qu'au soldat dit son Amie !
    Soldat ! Soldat !
    Oh ! voilà ce qu'au soldat dit son Amie !

L'HOMME QUI VOULUT ÊTRE ROI

LE commencement de tout, ce fut dans le train sur la route d'Ajmir à Mhow. Un déficit budgétaire, survenu à cette époque, nécessitait le voyage non pas en secondes, qui ne coûte que la moitié du prix des premières, mais en classe intermédiaire, ce qui est absolument odieux. Il n'y a pas de banquettes rembourrées en classe intermédiaire, et le public y est soit intermédiaire, c'est-à-dire Eurasien, soit indigène, ce qui finit par incommoder au bout d'un long trajet, soit de l'espèce vagabond, gens d'esprit quoique ivrognes. Les intermédiaires ne patronnent pas les buffets de chemin de fer. Ils portent leurs vivres dans des paquets ou des pots, achètent des sucreries au marchand de bonbons indigène et boivent l'eau le long des routes. C'est pourquoi, en été, on les extrait parfois défunts de leurs compartiments et qu'en toutes saisons on leur témoigne, à juste titre, un minimum de considération.

Mon compartiment, à moi, resta vide par hasard jusqu'à la gare de Nasirabad où un monsieur de considérable prestance et en bras de chemise y pénétra, et, selon la coutume des intermédiaires, se mit incontinent à l'aise. C'était un errant et un vagabond, comme moi-même ; doué, par surplus, d'un goût cultivé pour le whiskey. Il racontait des choses vues ou accomplies en tels coins perdus de l'empire où il avait pénétré, des épisodes de vie risquée pour la subsistance de quelques jours. « Si l'Inde ne comptait que des gens comme vous et moi, qui ne savent pas plus que les corbeaux où ils prendront leur ration du lendemain, ce n'est pas soixante-dix millions de revenu que produirait le pays, mais sept cents millions », disait-il, et, à regarder sa bouche et ses mâchoires, je me sentais enclin à partager son avis. Nous parlâmes politique, — cette politique des gueux et de leur république qui voit l'envers des choses, le côté dont on n'a point poli les lattes ni le plâtras, et nous causâmes organisation postale, parce que mon ami voulait envoyer une dépêche de la prochaine station à Ajmir, où bifurque sur Mhow la ligne de Bombay, quand on vient de l'Est. Mon ami n'avait pas d'argent, sinon huit annas qu'il réservait pour son diner, et je n'avais, moi, pas d'argent du tout, en raison de l'accroc budgétaire mentionné plus haut. De plus, je m'enfonçais dans des solitudes, lesquelles, bien que je dusse y reprendre contact avec le Trésor, manquaient de bureau télégraphique. Je me trouvais en conséquence parfaitement incapable de lui venir en aide.

— On pourrait bousculer un chef de gare et lui faire expédier une dépêche à l'œil, dit mon ami, mais il s'ensuivrait des enquêtes sur vous et moi, et je suis vraiment trop occupé ces jours-ci. Vous disiez que vous reveniez par la même ligne prochainement ?

— Dans dix jours, répondis-je.

— Vous ne pourriez pas réduire à huit ? dit-il. Mon affaire est plutôt pressée.

— Je puis envoyer votre télégramme dans dix jours au plus tard, si cela peut vous rendre service, dis-je.

— Réflexions faites, j'aurais peur de manquer mon homme maintenant, si j'envoyais une dépêche. Voilà ce que c'est : il quitte Delhi le 23 pour Bombay. Cela veut dire qu'il passera à Ajmir dans la nuit du même jour.

— Mais je serai au fond du désert, expliquai-je.

— Parfaitement, dit-il. Vous changez à Marwar pour entrer dans le territoire de Jodhpore, c'est nécessaire, et lui passera à Marwar, avec la malle de Bombay, de bonne heure dans la matinée du 24. Pouvez-vous vous trouver à ce moment à la gare de Marwar ? Cela ne vous dérangera guère, je sais qu'il n'y a pas grand'-chose à faire dans ces États de l'Inde centrale — même en se faisant passer pour correspondant du *Backwoodsman*.

— Vous y êtes allé de ce truc-là ? demandai-je.

— Des masses de fois, mais on se fait pincer par les résidents et ramener à la frontière avant d'avoir eu le temps d'amorcer. Mais pour l'ami dont je vous parle, il faut absolument que je lui fasse connaître de vive voix ce que je suis devenu ou bien il ne saura pas où aller. Ça serait plus que gentil à vous, si vous pouviez quitter l'Inde centrale à temps pour l'attraper à Marwar et lui dire : « Il est allé Sud pour la semaine. » Il saura ce que ça signifie. C'est un fort bonhomme avec une barbe rouge, et distingué, je vous prie de croire. Vous le trouverez dormant comme un monsieur, tous ses bagages autour de lui, en secondes. Mais n'ayez pas peur. Baissez la glace et dites : « Il est allé Sud pour la semaine. » Il se grouillera. Cela ne raccourcit que de deux jours votre séjour là-bas. Je vous le demande comme à un étranger sur la route de l'Ouest, dit-il avec emphase.

— Et vous, d'où venez-vous ? dis-je.

— De l'Est, dit-il, et j'espère que vous lui ferez la commission sans faute, pour l'amour de ma mère comme de la vôtre.

L'Anglais ne s'émeut guère en général d'entendre invoquer la mémoire de sa mère, mais, pour certaines raisons qui apparaîtront dans la suite, je crus devoir m'engager.

— Il s'agit de choses sérieuses, dit-il, et c'est pour cela que je vous demande de le faire — et je sais maintenant que je peux y compter. Un compartiment de secondes en gare de Marwar, et un homme roux endormi sur la banquette. Vous vous rappellerez bien. Je descends à la prochaine station et il faut que je reste là jusqu'à ce qu'il vienne ou m'envoie ce qu'il faut.

— Je ferai la commission, si je le joins, dis-je, et, pour l'amour de votre mère comme de la mienne, je vous donnerai un petit conseil. N'essayez pas de faire les États de l'Inde centrale en ce moment-ci, à titre de correspondant du *Backwoodsman*. Il y en a un vrai qui se balade par là et cela pourrait mal tourner.

— Merci, dit-il avec simplicité, et quand le pourceau s'en va-t-il ? Je ne peux pas mourir de faim parce que cela lui plaît de me gâter mon travail. Je comptais empaumer le rajah de Degumber, à propos de la veuve de son père, et lui donner le trac.

— Qu'est-ce qu'il a donc fait à la veuve de son père ?

— Bourrée de poivre rouge, pendue à une poutre par un pied et fouettée à mort à coups de babouche. J'ai découvert le pot aux roses moi-même et je suis le seul qui oserait passer les frontières de Degumber pour aller faire le prix de ma discrétion. Ils essayeront de m'empoisonner, comme à Chortumna, quand j'allai butiner par là. Mais vous ferez ma commission à l'homme de la gare de Marwar ?

Il descendit en route à une petite station et je me mis à réfléchir.

J'avais ouï parler plus d'une fois de ces hommes qui, assumant le personnage de correspondants de journaux, saignent les petits États indigènes en les menaçant de scandale, mais je n'avais rencontré aucun membre de leur caste auparavant. Ils mènent une dure vie et meurent généralement de mort très subite. Les États indigènes professent une salutaire horreur pour les journaux anglais, toujours susceptibles de mettre en lumière leurs méthodes originales de gouvernement, et font de leur mieux pour gorger le journaliste de champagne ou lui tourner la tête à renfort de landaus à quatre chevaux. Ils ne comprennent pas que personne ne se soucie pas plus que d'une guigne de l'administration intérieure d'un État indigène, tant que l'oppression et la criminalité s'y maintiennent dans des bornes raisonnables et tant que le chef n'y reste pas sous l'influence de l'opium, de l'eau-de-vie ou de la maladie d'un bout de l'année à l'autre. Les États indigènes furent créés par la Providence, afin de pourvoir le monde de décors pittoresques, de tigres et de descriptions. Ce sont de sombres coins de la terre, pleins d'inimaginables cruautés, qui touchent d'un côté au chemin de fer et au télégraphe et, de l'autre, aux jours d'Haroun-al-Raschid. En débarquant du train, je m'acquittai de mes affaires avec divers potentats, et passai, en huit jours, par les phases de vie les plus variées. Tantôt en frac, j'allais de pair et compagnon avec princes et Résidents, buvant dans le cristal et servi dans l'argenterie. Tantôt, vautré sur le sol nu, trop heureux de dévorer la première nourriture venue, un *Chapatti*[1] me servant d'assiette, je buvais l'eau des ruisseaux et partageais la couverture de mon domestique. Tout cela rentrait dans la besogne du jour.

Puis je mis le cap sur le Grand Désert Indien à la date convenue, comme je l'avais promis, et le train de nuit me déposa à la gare de Marwar, d'où un drôle de petit va-comme-je-te-pousse de chemin de fer, à personnel indigène, bifurque sur Jodhpore. Le train postal entre Delhi et Bombay fait une courte halte à Marwar. Il arriva comme j'entrais dans la gare et j'eus à peine le temps de courir au quai et de scruter les voitures. Il n'y en avait qu'une de secondes dans le train. Je baissai la glace et découvris une barbe d'un rouge flamboyant à demi cachée par une couverture de voyage. C'était mon homme. Il dormait à poings fermés et je l'ébranlai légèrement d'un petit coup dans les côtes. Il s'éveilla en grognant et je vis sa figure à la clarté des lampes. C'était une large figure, à peau qui luisait.

— Encore les billets ? dit-il.

— Non. Je suis chargé de vous dire qu'il est allé Sud pour la semaine. Il est allé Sud pour la semaine.

Le train partait. L'homme roux se frotta les yeux et répéta :

— Il est allé Sud pour la semaine ? Ça ressemble bien à son impudence. A-t-il dit que je vous donnerais quelque chose ? Parce que je n'en ferai rien.

— Il n'a rien dit, répondis-je en sautant du marchepied.

Les fanaux rouges s'enfonçaient dans la nuit. Il faisait un froid horrible, car le vent soufflait de la région des sables. Je grimpai dans mon propre train — pas en intermédiaire cette fois — et m'endormis.

Si l'homme barbu m'avait donné une roupie, je l'aurais gardée en souvenir d'une affaire assez curieuse. Mais la conscience du devoir accompli fut ma seule récompense.

Plus tard je réfléchis que deux compères de l'espèce de mes amis ne feraient rien de bon à jouer les faux journalistes, et pourraient s'attirer des difficultés sérieuses au cas où ils voudraient appâter un de ces petits pièges à rats d'États indigènes de l'Inde centrale ou du Rajpoutana. Je pris en conséquence la peine de donner leur signalement, aussi minutieux que le permettaient mes souvenirs, aux gens qui eussent pu avoir intérêt à les déporter, et je réussis, comme je l'appris plus tard, à les empêcher de franchir les frontières du Degumber.

Puis je redevins personne respectable et réintégrai mon bureau où ne se produisaient ni rois ni incidents, sauf la composition quotidienne d'un journal.

Un bureau de journal semble avoir le privilège d'attirer une inconcevable variété de personnes, au plus grand préjudice de la discipline. Des dames missionnaires arrivent et somment le directeur d'abandonner sur l'heure toutes ses obligations, afin de décrire une distribution de prix d'école chrétienne dans l'arrière-faubourg d'un village d'ailleurs parfaitement inaccessible ; des colonels, négligés sur le tableau d'avancement, s'installent et ébauchent les grandes lignes d'une série de dix, douze ou vingt-quatre articles de tête, à propos de l'ancienneté et du choix ; des missionnaires exigent de savoir pourquoi ils n'auraient pas le droit de changer pour une fois la nature de leurs plaintes et d'agonir un collègue spécialement placé sous le patronage directorial ; des troupes de comédiens à la côte envahissent les bureaux à l'effet d'expliquer qu'ils ne peuvent pas payer leur publicité, mais qu'à leur retour de Taïti ou de Nouvelle-Zélande ils s'en acquitteront avec usure ; des inventeurs de moteurs à pankahs patentés, de vis d'attelage pour wagons, de sabres ou d'arbres de couche incassables, font visite, des certificats plein les poches, et désireux de se voir fixer quelques heures d'entretien ; des compagnies pour la vente du thé entrent, s'assoient et élaborent leurs prospectus avec les plumes du bureau ; des secrétaires de comités dansants objurguent avec éclat le rédacteur mondain afin d'obtenir un plus ample compte rendu des gloires de leur dernier bal ; des dames inconnues font irruption dans un frou-frou de jupes et disent « Il me faut un cent de cartes de visite tout de suite, s'il vous plaît, » ce qui rentre manifestement dans les attributions d'un directeur ; et le moindre, le plus dissolu des ruffians qui jamais ait vagabondé le long de la grand'-route se fait un devoir de venir demander une place de correcteur d'épreuves. Et tout le temps le timbre du téléphone tinte frénétiquement, on tue des rois sur le continent, des empires se disent : « Vous en êtes un autre, » et mossieu Gladstone appelle le feu du ciel sur les colonies britanniques, tandis que les petits typos noirs geignent « *kaa pi-chay-ha-yeh* » (on demande de la copie), comme des abeilles lasses, et qu'aux trois quarts le journal est encore aussi blanc que l'écu de Modred.

Mais cela, c'est le moment amusant de l'année. Il y a six autres mois où personne ne vient jamais, où le thermomètre, pouce par pouce, grimpe en haut de l'échelle, où l'ombre maintenue dans le bureau permet à peine de lire, où les presses brûlent au toucher, et où personne n'écrit guère que des comptes rendus de fêtes dans les stations de montagne ou des notices nécrologiques. C'est alors que le téléphone se transforme en terreur tintinnabulante, toujours prêt à vous annoncer des morts subites d'hommes ou de femmes que vous connaissiez intimement. Le *prickly heat*[2] vous recouvre comme d'un vêtement, et l'on s'assied pour écrire : « On annonce un léger accroissement dans la mortalité du district de Khuda Janta Khan. L'épidémie, de nature purement sporadique, grâce aux efforts énergiques des autorités locales, est maintenant à peu près vaincue. C'est cependant avec un profond regret que nous enregistrons la mort, etc., etc. »

Puis l'épidémie éclate pour de bon, et moins on enregistre ou moins on rédige à ce sujet, mieux vaut pour le repos des abonnés. Mais Empires et Rois continuent à se divertir avec autant d'égoïsme que devant, le chef typographe trouve qu'un journal quotidien ne devrait point en vérité paraître plus d'une fois toutes les vingt-quatre heures, et les gens des stations d'été interrompent leurs plaisirs pour dire : « Mon Dieu, qu'est-ce qui empêche ce journal d'être brillant ? Il se passe bien assez de choses par ici. »

Voilà le côté sombre de la situation, et, comme on dit aux annonces : « Il faut en goûter pour en juger. »

Ce fut en cette saison — pire que jamais cette année-là — que le journal inaugura le système d'imprimer le dernier tirage de la semaine dans la nuit du samedi, c'est-à-dire le dimanche matin comme les journaux de Londres. Précieux avantage qui permettait, une fois la copie sous presse, au rédacteur éreinté de commencer dans la fraîcheur du matin un somme avant que la chaleur le réveillât. L'aube fait baisser le thermomètre de 54° à 42° — et l'on n'imagine pas comme il fait froid à 42° à l'ombre quand on n'a jamais prié pour cette température-là.

Un samedi soir, il me revint l'aimable obligation d'achever le journal tout seul. Un roi, un courtisan, une courtisane ou une communauté allaient mourir, ou obtenir une nouvelle constitution, ou faire quelque chose d'important pour l'autre côté du monde, et le journal devait attendre l'*imprimatur* jusqu'à la dernière minute possible, afin d'attraper le télégramme. C'était une nuit d'encre, étouffante, une vraie nuit de juin, et le *loo*, le vent torride qui souffle de l'ouest, bramait dans l'amadou des branches en faisant semblant d'avoir une pluie sur les talons. Par intervalles, une goutte d'eau presque bouillante tachait la poussière avec un *flop* de grenouille aplatie ; mais, dans sa lassitude, notre univers savait bien que ce n'était que feinte. Il faisait une idée moins chaud dans l'atelier que dans le bureau, de sorte que je m'assis là parmi le cliquetis des machines, les huées des oiseaux de nuit aux fenêtres, les typos, à demi nus, qui épongeaient la sueur de leurs fronts et demandaient à boire. La chose qui nous faisait veiller, quelle qu'elle pût être, refusait d'arriver, quoique le *loo* fût tombé, le dernier caractère en place, et que toute la terre ronde demeurât en suspens dans la chaleur suffocante, un doigt sur les lèvres, attendant l'événement. Je m'assoupis, tout en me demandant si l'invention du télégraphe constituait en somme un bien et si ce moribond ou ce peuple en révolte avait conscience du dérangement produit par son retard. Sauf la chaleur et la préoccupation, nulle raison particulière d'énervement, et pourtant, comme les aiguilles de la pendule rampaient jusqu'à trois heures et que les machines essayaient deux ou trois tours de volant avant le mot prononcé qui les lâcherait dans leur carrière, j'aurais pu crier tout haut de fatigue.

Soudain, le grondement et la crécelle des machines déchirèrent le silence en minuscules lambeaux. Je me levais pour sortir quand deux hommes vêtus de blanc s'arrêtèrent devant moi. Le premier dit « C'est lui ! » Le second dit « Ma foi, oui ! » Et ils rirent tous deux à couvrir le bruit des presses et en s'épongeant le front.

— Nous avons vu une lumière de l'autre côté de la route, car nous dormions dans le fossé là-bas, pour avoir frais, et j'ai dit à mon copain que voilà : « Allons parler à celui qui nous a fait mettre hors de l'État de Degumber, » dit le plus petit des deux.

C'était l'homme que j'avais rencontré dans le train de Mhow, et son camarade, l'homme à poil roux de la gare de Marwar. Il n'y avait pas à se tromper aux sourcils de l'un ni à la barbe de l'autre.

Je n'étais pas content, car j'avais plus envie de dormir que de me chamailler avec des vagabonds.

— Qu'est-ce que vous voulez ? demandai-je.

— Causer une demi-heure, au frais et à l'aise, dans le bureau, dit l'homme à barbe rouge. Nous ne refuserions pas à boire — le contrat n'a pas force encore, Peachey, ce n'est pas la peine de faire une tête — mais ce qu'il nous faut pour de bon c'est des conseils. Nous n'avons pas besoin d'argent. C'est comme une faveur que nous demandons, rapport au sale tour que vous nous avez joué à propos du Degumber.

Je montrai le chemin qui passait de l'imprimerie au bureau suffocant, où des cartes pendaient aux murs. L'homme roux se frotta les mains.

— Il y a du bon, dit-il. Nous avons frappé à la bonne porte. Maintenant, Monsieur, permettez-moi de vous présenter le frère∴ Peachey Carnehan, ça, c'est lui, et le frère∴ Daniel Dravot, ça, c'est moi ; quant à nos professions, moins nous en parlerons mieux ça vaudra ; nous avons fait tous les métiers dans notre temps. Soldats, marins, typos, photographes, correcteurs d'épreuves, prêcheurs en plein vent et correspondants du *Backwoodsman* les fois où le journal en avait besoin. Carnehan est à jeun, moi aussi. Regardez-nous bien d'abord pour être sûr. Ça vous évitera de me couper. Nous allons prendre chacun un cigare et vous tiendrez l'allumette.

Je tentai l'épreuve. Les deux hommes n'avaient pas bu et je leur fis servir deux *pegs*[3] tiédissants.

— À la bonne heure, dit Carnehan, l'homme aux sourcils, en séchant sa moustache. Laisse-moi parler maintenant, Dan. Nous avons fait à peu près toute l'Inde, le plus souvent à pied. Nous avons été ajusteurs de chaudières, conducteurs de locomotives, petits entrepreneurs et le reste, et maintenant nous avons décidé que l'Inde n'est pas assez grande pour les gens de notre acabit.

Ils étaient certainement trop grands pour le bureau. La barbe de Dravot semblait emplir la moitié de la pièce, et les épaules de Carnehan l'autre moitié, assis qu'ils se tenaient tous deux sur la grande table. Carnehan continua :

— Le pays ne donne pas la moitié de ce qu'il devrait parce que le gouvernement ne veut pas qu'on y touche. Ils passent tout leur sacré temps à gouverner et on ne peut pas soulever une bêche, faire sauter un éclat de pierre ou forer pour de l'huile sans que le gouvernement crie « À bas les pattes et laissez-nous gouverner. » C'est pourquoi, tel quel, nous allons le laisser en paix et partir pour quelque autre pays où l'on puisse jouer des coudes et faire son chemin. Nous ne sommes pas de petits hommes et nous n'avons peur de rien, que de la boisson, et nous avons signé un contrat sur ce point. *Donc*, nous nous en allons être rois.

— Rois de plein droit, murmura Dravot.

— Oui, c'est entendu, dis-je. Vous avez traîné vos guêtres au soleil, la nuit est plutôt chaude, et vous feriez peut-être mieux d'aller dormir sur votre idée. Venez demain.

— Ni coup de soleil, ni verre de trop, dit Dravot. Voilà un an que nous dormons sur notre idée ; nous avons besoin de voir des livres et des atlas, et nous avons conclu qu'il n'y a plus qu'un pays au monde où deux hommes à poigne puissent faire leur petit Sarawak[4]. Cela s'appelle le Kafiristan. À mon idée c'est dans le coin de l'Afghanistan, en haut et à droite, à moins de trois cents milles de Peshawer. Ils ont trente-deux idoles, les païens de là-bas, nous ferons trente-trois. C'est un pays montagneux et les femmes, de ces côtés, sont très belles.

— Mais ça, c'est défendu dans le contrat, dit Carnehan. Ni femmes, ni boisson, Daniel.

— C'est tout ce que nous savons, excepté que personne n'y est allé et qu'on s'y bat. Or, partout où l'on se bat, un homme qui sait dresser des hommes peut toujours être roi. Nous irons dans ce pays, et, au premier roi que nous trouverons, nous dirons : « Voulez-vous battre vos ennemis ? » et nous lui montrerons à instruire des recrues, car c'est ce que nous savons faire le mieux. Puis nous renverserons ce roi, nous saisirons le royaume et nous fonderons une dynastie.

— Vous vous ferez tailler en pièces à cinquante milles passé la frontière, dis-je. Il vous faut traverser l'Afghanistan pour arriver dans ce pays-là. Ce n'est qu'un fouillis de montagnes, de pics et de glaciers que jamais Anglais n'a franchis. Les habitants sont de parfaites brutes, et, en admettant que vous arriviez à eux, il n'y aurait rien à faire.

— J'aime mieux ça, dit Carnehan. Si vous nous trouviez encore plus fous, ça nous ferait encore plus de plaisir. Nous sommes venus à vous pour nous renseigner sur ce pays, pour lire des livres qui en parlent et consulter vos cartes. Nous avons envie de nous faire traiter de fous et de voir vos livres.

Il se tourna vers la bibliothèque.

— Parlez-vous sérieusement, pour de bon ? dis-je.

— Un peu, dit Dravot, avec onction. Nous voulons votre plus grande carte, même s'il y a un blanc à la place du Kafiristan, et tous les livres que vous pouvez avoir. On sait lire, quoiqu'on n'ait pas reçu beaucoup d'éducation.

Je dépliai la grande carte de l'Inde à l'échelle de trente-deux milles au pouce, deux cartes de frontières plus petites, descendis péniblement le tome INF-KAN de l'*Encyclopædia Britannica*, et mes hommes se mirent à les consulter.

— Attention, dit Dravot, un doigt sur la carte. Jusqu'à Jagdallak, Peachey et moi nous connaissons la route. Nous sommes allés là avec l'armée de Roberts. À Jagdallak il faudra prendre à droite à travers le territoire de Laghmann. Puis nous entrons dans les montagnes. Quatorze mille, quinze mille pieds, il fera frais là-haut. Mais ça ne paraît pas très loin sur la carte.

Je lui passai les *Sources de l'Oxus,* par Wood. Carnehan était plongé dans l'*Encyclopædia*.

— Ils sont un tas, dit Dravot d'un air méditatif, et ça ne nous avancera guère de savoir les noms de leurs tribus. Plus il y aura de tribus et plus de batailles, tant mieux pour nous. De Jagdallak à Ashang. H'mm !

— Mais tous les renseignements sur la région sont aussi superficiels et aussi vagues que possible, protestai-je. Voici la collection de *United Services Institute*. Lisez ce que dit Bellew.

— Zut pour Bellew ! dit Carnehan. Dan, c'est un sacré tas de païens, mais ce livre-ci dit qu'ils sont apparentés à nous autres Anglais.

Je continuai à fumer, tandis que les deux hommes s'ensevelissaient dans *Raverty, Wood*, les cartes et l'*Encyclopædia*.

— Ce n'est pas la peine de nous attendre, dit Dravot poliment.

— Il est quatre heures à peu près, maintenant. Nous partirons avant six heures si vous voulez dormir et nous ne volerons pas de papiers. Ne veillez pas sur nous. Nous sommes deux toqués pas dangereux, et si vous passez par le Serai demain soir, nous vous dirons adieu.

— Certainement vous êtes fous tous les deux, répondis-je. On vous fera rebrousser à la frontière ou on vous coupera le cou à l'instant où vous mettrez le pied en Afghanistan. Avez-vous besoin d'argent ou d'une recommandation pour les provinces du Sud ? Je peux vous mettre à même de trouver de l'ouvrage la semaine prochaine.

— La semaine prochaine nous travaillerons nous-mêmes et d'attaque, merci bien, dit Dravot. Ce n'est pas si facile d'être roi que ça en a l'air. Quand nous aurons notre royaume et que tout fonctionnera, nous vous le ferons dire et vous viendrez nous aider à le gouverner.

— C'est-il deux toqués qui feraient un contrat comme ceci, dit Carnehan avec une nuance de discret orgueil, en me montrant une demi-feuille de papier à lettre graisseux, où on lisait ce qui suit. J'en pris copie sur-le-champ, à titre de curiosité :

Le présent contrat ayant force entre toi et moi, prenant à témoin le nom de Dieu. Amen, etc., etc.

(Un). Que moi et toi déciderons cette affaire ensemble, à savoir d'être rois de Kafiristan.

(Deux). Que toi et moi ne devrons point, pendant que nous déciderons cette affaire, regarder aucune boisson, ni aucune femme noire, blanche ou brune, de manière à ne pas nous embrouiller à cause de l'une ou de l'autre ni que mal s'ensuive.

(Trois). Que nous devrons nous conduire avec prudence et dignité, et que si l'un se trouve dans l'embarras l'autre reste avec lui.

Signé par toi et moi ce jour.

Peachey Taliaferro Carnehan,
Daniel Dravot,
Gentlemen tous deux sans profession.

Il n'y avait pas nécessité pour le dernier article, dit Carnehan, en rougissant avec modestie ; mais ça vous a l'œil plus correct. Vous savez ce que c'est que des loupeurs — c'est ce que nous sommes encore, Dan, avant d'être sortis de l'Inde — eh bien ! croyez-vous que nous aurions signé un contrat comme cela si nous n'avions pas pris la chose au sérieux ? Nous nous sommes privés des deux choses qui valent la peine de vivre.

— Vous aurez vite fait votre deuil de vivre si vous persistez à tenter cette aventure idiote. Ne mettez pas ie feu au bureau, dis-je, et partez avant neuf heures.

Je les quittai, toujours absorbés dans la lecture des cartes et qui prenaient des notes au dos du « Contrat. »

— Manquez pas de venir au Serai demain, firent-ils, comme je partais.

Le Serai de Kumharsen est le grand égout humain, à quatre murs en carré, où viennent prendre ou laisser leurs charges les files de chameaux et de chevaux qui arrivent du Nord. On y trouve toutes les nationalités de l'Asie centrale et la plupart des gens de l'Inde propre. Balkh et Bokhara rencontrent là Bengale et Bombay, et tâchent réciproquement de s'y tirer les canines. On peut y acheter des poneys, des turquoises, des chats persans, des moutons à queue charnue ou du musc, dans ce Serai de Kumharsen ; on y attrape même plus d'une chose bizarre gratis.

Dans l'après-midi, je descendis de ce côté afin de constater si mes amis tiendraient parole ou si je les trouverais vautrés et ivres-morts.

Un *mullah* vêtu de bouts de rubans et de loques s'avança vers moi d'un pas délibéré. Il agitait gravement un moulinet d'enfant en papier. Son serviteur, derrière lui, pliait sous le poids d'une botte remplie de jouets de terre. L'un et l'autre s'occupaient de charger deux chameaux, et les hôtes du Serai les regardaient faire en se tordant de rire.

— Le *mullah* est fou, me dit un marchand de chevaux. Il va à Kaboul vendre des jouets à l'Amir. Il se fera élever aux honneurs ou couper la tête. Il est arrivé ici ce matin et, depuis lors, n'a pas cessé d'agir comme un fou.

— Les simples sont sous la protection de Dieu, bégaya en mauvais hindi un Uzbeg aux joues plates. Ils prédisent les choses de l'avenir.

— Il aurait bien dû me prédire que ma *kafila* se ferait hacher par les Shinwaris, presque à l'ombre de la Passe, grogna un homme de Eusufzai, agent d'une maison de commerce du Rajpoutana, dont les marchandises étaient tombées, par grande félonie, entre les mains d'autres voleurs, à courte distance de la frontière, et que ses infortunes rendaient le plastron du bazar. Ohé, *mullah*, d'où viens-tu et où vas-tu maintenant ?

— De Roum[5] suis-je venu, cria le *mullah* en agitant son moulin en papier, de Roum, poussé par le souffle de cent mille diables, depuis l'autre côté de la mer ! Oh ! voleurs, brigands, menteurs, la bénédiction de Pir Khan sur les porcs, les chiens et les parjures. Qui veut emmener le Protégé de Dieu vers le Nord afin de vendre à l'Amir des charmes qui ne vieillissent point ? Leurs chameaux ne souffriront pas, leurs fils ne tomberont pas malades, leurs femmes demeureront fidèles pendant leur absence à ceux qui me donneront place dans leur *kafila*. Qui m'aidera à chausser le roi des Roos[6] d'une pantoufle d'or à talon d'argent ? La protection de Pir Khan repose sur ses labeurs !

Il rejeta en arrière les pans de son caban et pirouetta parmi les rangs de chevaux entravés.

— Il part une *kafila* de Peshawer pour Kaboul dans vingt jours, *Huzrut*, dit le marchand de Eusufzai. Mes chameaux l'accompagnent. Viens donc avec nous et nous porte bonheur.

— Je partirai tout de suite, cria le *mullah*, je partirai sur mes chameaux ailés, et serai à Peshawer en un jour ! Ho ! Hazar Mir Khan, hurla-t-il à son domestique, fais sortir les chameaux, mais que je monte sur le mien d'abord.

Il sauta sur le dos de la bête agenouillée et s'écria en se tournant vers moi :

— Viens aussi, Sahib, suis-nous un peu sur la route, et je te donnerai un charme — une amulette, qui te fera roi de Kafiristan.

À ce moment la lumière se fit dans mon esprit. Je suivis les deux chameaux à la sortie du Serai jusqu'à la grand'route où le *mullah* fit halte.

— Qu'en pensez-vous ? dit-il en anglais. Carnehan ne sait pas leur patois, c'est pourquoi j'en ai fait mon domestique. C'est un domestique à la hauteur. Je n'ai pas battu le pays pendant quatorze ans pour rien. C'était bien fait, hein, ce bout de causette tout à l'heure ? Nous nous collerons à une *kafila*, entre Peshawer et Jagdallak, et de là nous verrons à échanger nos chameaux pour des bourricots et à faire notre brèche en Kafiristan. Des petits moulins pour l'Amir… Ah ! vingt dieux ! Passez votre main sous les sacs et dites-moi ce que vous sentez.

Je tâtai la crosse d'un Martini, d'un autre, puis d'un autre encore.

— Il y en a vingt, dit Dravot avec placidité. Vingt et des munitions en conséquence sous les petits moulins et les poupées en terre.

— Le ciel vous aide, si on vous découvre avec ces joujoux-là ! dis-je. Un Martini, chez les Pathans, cela vaut son pesant d'argent.

— Quinze cents roupies de capital — tout ce qu'on a pu mendier, taper ou voler — placées là sur ces deux chameaux, dit Dravot. Nous ne nous ferons pas pincer. Nous passons le Khyber avec une vraie *kafila*. Qui toucherait un pauvre fou de *mullah* ?

— Avez-vous tout ce qu'il vous faut ? demandai-je, vaincu par la surprise.

— Pas encore, mais ça viendra bientôt. Donnez-nous un souvenir de votre obligeance, *frère*. Vous m'avez rendu service hier et l'autre fois aussi à Marwar. La moitié de mon royaume sera pour vous, comme dit la chanson.

Je détachai une petite boussole-fétiche de ma chaîne de montre et la tendis au *mullah*.

— Adieu, dit Dravot en me tendant la main avec circonspection. C'est notre dernière poignée de main à un

Anglais pour bien des jours. Serre-lui la main, Carnehan ! cria-t-il, comme le second chameau me dépassait.

Carnehan se pencha et me serra la main. Puis les chameaux s'effacèrent dans la poussière de la route, et je restai tout seul, à m'émerveiller. Mon œil n'aurait pu discerner le moindre accroc dans les déguisements. La scène du Serai attestait leur perfection pour le jugement indigène. Une chance donc se présentait pour Carnehan et Dravot de cheminer à travers l'Afghanistan sans se trahir. Mais au delà ils trouveraient la mort, une mort affreuse et sûre.

Dix jours plus tard, un indigène de mes amis, qui me mandait les nouvelles les plus récentes de Peshawer, terminait sa lettre en ces termes : « On a beaucoup ri par ici à cause d'un certain *mullah* qui est fou et s'en va, assure-t-il, vendre des colifichets et des babioles, qu'il appelle des charmes puissants, à S. M. l'amir de Bokhara. Il a traversé Peshawer et s'est joint à la seconde *kafila* d'été qui va à Kaboul. Les marchands sont contents, ils s'imaginent, par superstition, que des fous de la sorte portent bonne chance. »

Les deux avaient donc passé la frontière. J'aurais prié pour eux, mais, cette nuit-là, un vrai roi mourut en Europe, qui réclama un article nécrologique.

.   .   .   .

La roue du temps ramène toujours à nouveau les mêmes phases. L'été passa, l'hiver après lui, pour revenir et repasser encore. Le journal quotidien continuait, moi de même, et, dans le courant du troisième été, advinrent une nuit chaude, une édition tardive et une attente énervée à propos de quelque chose qu'on devait télégraphier de l'autre côté du monde, le tout exactement comme il était arrivé auparavant. Quelques grands hommes étaient morts au cours des deux années qui venaient de s'écouler, les écrous des machines jouaient avec plus de bruit, et quelques arbres, dans le jardin, avaient deux pieds de plus. C'était toute la différence.

Je passai dans l'atelier ; la même scène se reproduisit que j'ai déjà décrite. La tension nerveuse se faisait sentir plus intense que deux ans auparavant, et la chaleur me pesait davantage. À trois heures, je commandai : « Imprimez ! » et je m'en allais, quand se traîna vers ma chaise ce qu'il restait d'un homme. Il était courbé en cercle, la tête sombrée dans les épaules, et il passait ses pieds l'un par-dessus l'autre, comme un ours. Je distinguais à peine s'il marchait ou s'il rampait — ce stropiat loqueteux et geignant qui m'appelait par mon nom, en pleurant qu'il était de retour.

— Pouvez-vous me donner à boire ? pleurnichait-il. Pour l'amour de Dieu, donnez-moi à boire !

Je retournai au bureau, précédant l'homme et ses gémissements de douleur. Je levai la lampe.

— Vous ne me reconnaissez pas ? souffla-t-il en se laissant tomber sur une chaise, et il tourna son visage ravagé surmonté d'une toison grise vers la lumière.

Je le fixai avec persistance. Une fois auparavant j'avais vu ces sourcils qui se joignaient à la racine du nez en bande noire d'un pouce de largeur, mais du diable si j'aurais pu dire où.

— Je ne vous connais pas, dis-je en lui passant le whiskey. Que puis-je faire pour vous ?

Il avala une gorgée d'alcool pur et frissonna malgré l'étouffante chaleur.

— Je suis revenu, répétait-il, et j'ai été roi de Kafiristan, moi et Dravot, rois couronnés tous deux ! C'est dans ce bureau que nous avions tout décidé. Vous étiez assis là, vous nous avez donné des livres. Je suis Peachey — Peachey Taliaferro Carnehan, et vous êtes resté ici tout le temps depuis… Bon Dieu !

J'étais plus que médiocrement surpris, et m'exprimai en conséquence.

— C'est vrai, dit Carnehan avec un ricanement sec, tout en berçant ses pieds empaquetés de chiffons. Vrai comme l'Évangile. Nous étions rois — avec des couronnes sur la tête — moi et Dravot, pauvre Dan ! Oh ! pauvre Dan qui ne voulait jamais écouter, même les prières !

— Prenez du whiskey, dis-je, et prenez votre temps. Dites-moi tout ce que vous pouvez vous rappeler depuis le commencement jusqu'à la fin. Vous avez passé la frontière sur vos chameaux, Dravot habillé en *mullah* fou et vous comme son domestique. Vous rappelez-vous cela ?

— Je ne suis pas fou — pas encore, mais ça m'arrivera bientôt. Bien sûr que je me souviens. Continuez à me regarder, sans quoi j'ai peur que mes mots s'en aillent par morceaux, continuez à me regarder dans les yeux et ne dites pas un mot.

Je me penchai en avant et le fixai en plein visage aussi ferme que je pus. Il laissa tomber sa main sur la table et je la saisis par le poignet. Elle était tordue comme une serre d'oiseau, et, sur le dos, on voyait une cicatrice aux contours déchiquetés, toute rouge et en forme d'as de carreau.

— Non, ne regardez pas là. Regardez-*moi*, dit Carnehan. Ça, c'est après, mais pour l'amour de Dieu ne me troublez pas. Nous sommes partis avec cette caravane, moi et Dravot, faisant toutes sortes de farces pour amuser les gens que nous accompagnions. Dravot nous faisait rire, les soirs, à l'heure où tout le monde cuisait son dîner — cuisait son dîner, et… qu'est-ce qu'ils faisaient donc après ? Ils allumaient des petits feux, et les étincelles volaient dans la barbe de Dravot, et on riait tous, à se faire mourir. Des petits charbons rouges, ça faisait, qui volaient dans la grosse barbe rouge de Dravot — si drôles !…

Ses yeux quittèrent les miens. Il souriait d'un air simple.

— Vous êtes allés jusqu'à Jagdallak avec cette caravane, dis-je à tout hasard, après avoir allumé ces feux. À Jagdallak vous a-t-on détournés de pénétrer en Kafiristan ?

— Non, ni l'un ni l'autre. Qu'est-ce que vous racontez ? Nous avons bifurqué avant Jagdallak, en entendant dire que les routes étaient bonnes. Pas assez bonnes pour nos deux chameaux — le mien et celui de Dravot. En quittant la caravane, Dravot ôta tous ses habits et les miens aussi, et dit qu'il fallait faire les païens parce que les Kafirs ne permettent pas aux mahométans de leur adresser la parole. Alors on se déguisa, moitié l'un, moitié l'autre, et une tête comme celle de Daniel Dravot, jamais je n'en ai vu de pareille ni n'en reverrai jamais. Il brûla sa barbe à moitié, se pendit une peau de mouton sur l'épaule et se rasa la tête en petits dessins. Il me rasa la mienne aussi et me fit mettre des frusques de chienlit pour me donner l'air d'un païen. Tout ça se passait dans un pays excessivement montagneux, et nos chameaux ne pouvaient plus avancer à cause des montagnes. C'est des montagnes très hautes et toutes noires, et, au retour, je les voyais se battre, comme des chèvres sauvages — il y a des tas de chèvres en Kafiristan. Et ces montagnes, elles ne se tiennent jamais tranquilles, tout comme des chèvres. Toujours à se battre et à vous empêcher de dormir la nuit…

— Prenez d'autre whiskey, dis-je très lentement. Qu'avez-vous fait, Daniel Dravot et vous, lorsque les chameaux ne purent plus avancer à cause des mauvaises routes qui menaient en Kafiristan ?

— Ce que nous avons fait ? Qui ça ? Il y avait un individu nommé Peachey Taliaferro Carnehan, avec Dravot. Faut-il vous parler de lui ? Il est mort là-bas, dans la neige. Vlan ! du haut du pont tomba ce vieux Peachey, et il tournait et se tortillait en l'air comme un moulin à un penny pour vendre à l'amir. Non, ça coûtait un penny et demi les trois, ces moulins, ou je me trompe et j'ai bien du chagrin. Et alors les chameaux plus bons à rien, et Peachey dit à Dravot : « Pour l'amour de Dieu, tirons-nous d'ici avant qu'on nous coupe la tête ! » Et là-dessus ils tuèrent les chameaux dans la montagne, car ils n'avaient rien que je sache à manger, mais d'abord ils enlevèrent les caisses de fusils et de cartouches. Puis voilà deux hommes qui s'amènent, conduisant quatre mules. Dravot saute debout et se met à danser devant eux en chantant : « Vends-moi tes quatre mules. » Le premier homme dit : « Si tu es assez riche pour payer, tu es assez riche pour voler ! » mais, avant qu'il porte seulement la main à son couteau, Dravot lui casse le cou en travers de son genou, et l'autre se sauve. De sorte que Carnehan charge les mules avec les fusils qu'on avait descendus des chameaux, et tous deux nous piquons de l'avant dans ces pays du froid de chien, où il n'y a jamais de route plus large que le dos de la main.

Il s'arrêta un moment, tandis que je lui demandais s'il se rappelait la nature du pays par lequel il avait cheminé.

— Je vous dis tout, aussi droit que je peux, mais la tête n'est pas aussi bonne que tout ça. Ils ont enfoncé des clous dedans pour que j'entende mieux comment Dravot mourut. Le pays était montagneux, les mules rétives et les habitants dispersés et solitaires. On allait montant, descendant, et l'autre individu, Carnehan, suppliait Dravot de ne pas chanter ni siffler si fort, crainte de détacher les terribles avalanches. Mais Dravot disait que si un roi ne pouvait pas chanter, ça ne valait pas la peine d'être roi, et ne fit attention à rien pendant dix jours de glace. Nous arrivâmes à une grande vallée unie, au milieu des montagnes, et les mules étaient à moitié mortes et on les tua, n'ayant rien que je sache à leur donner, ni à manger nous-mêmes. Puis nous

nous assîmes sur les caisses et nous jouions à pair et impair avec les cartouches qui avaient roulé à terre.

Tout à coup, dix hommes, avec des arcs et des flèches, descendent la vallée en courant et en faisant la chasse à vingt hommes, armés de même, et le potin était énorme. Ils étaient blonds, plus blonds que vous et moi — les cheveux jaunes, et très bien bâtis. Dravot dit en déballant les fusils : « Voilà le commencement de la besogne. Nous prenons parti pour les dix. » Là-dessus il tire deux coups sur les vingt hommes et en dégringole un à deux cents mètres du haut du rocher où il se tenait. Les autres commencèrent à détaler, mais Carnehan et Dravot s'assoient sur les caisses et se mettent à les poivrer, à toutes distances, du haut en bas de la vallée. Après, nous nous dirigeons vers les dix hommes qui avaient traversé aussi la neige en courant et ils nous décochent une coquine de petite flèche. Dravot tire en l'air et ils tombent tous à plat ventre. Alors il marche dessus en leur donnant du talon de botte, et, après, les relève et distribue des poignées de main à la ronde pour s'en faire des amis. Il les appelle et leur donne les caisses à porter avec de grands gestes, tout comme s'il était roi déjà. Ils le mènent avec ses caisses de l'autre côté de la vallée, en haut d'une colline avec un bois de pins au sommet, où il y avait une demi-douzaine de grandes idoles de pierre. Dravot marche à la plus grande — un gars qu'ils appellent Imbra — pose un fusil et une cartouche à ses pieds, lui frotte le nez respectueusement contre le sien, lui passe la main sur la tête et lui fait des salamalecs. Il se retourne vers les hommes, secoue la tête et dit « Ça va bien. J'en suis aussi, et tous ces vieux casse-noisettes sont mes copains. » Alors il ouvre la bouche en montrant son gosier du doigt, et quand le premier homme lui apporte à manger, il dit « Non, » et quand le deuxième homme lui apporte à manger, il dit : « Non ; » mais quand un des vieux prêtres et le chef du village lui apportent à manger, il dit : « Oui, » très fier, et mange sans se presser. Voilà comme nous sommes arrivés à notre premier village, sans difficultés, tout comme si nous tombions du ciel. Oui, mais nous sommes tombés d'un de ces damnés ponts de cordes et on ne peut pas s'attendre à voir un homme vivre beaucoup après ça.

— Prenez d'autre whiskey et continuez, dis-je. Ça, c'était votre premier village. Comment êtes-vous devenu roi ?

— Moi ? Je n'ai pas été roi. C'est Dravot qui était roi, et ça faisait un beau gars, couronne d'or en tête et le reste. Lui et l'autre individu demeurèrent dans ce village, et, tous les matins, Dravot s'asseyait à côté du vieil Imbra, tandis que les gens venaient lui faire *poojah*[Z]. C'était l'ordre de Dravot. Puis une troupe d'hommes entrent dans la vallée, et Carnehan avec Dravot les descendent à coups de fusil avant qu'ils sachent où ils en sont, montent sur l'autre versant et trouvent un autre village, pareil au premier, où tout le monde se jette à plat ventre, et Dravot dit : « Voyons, qu'est-ce qui ne va pas entre nos deux villages ? » Les gens alors lui montrent une femme, une femme blanche, comme vous et moi, qu'on avait enlevée, et Dravot la ramène au premier village et compte les morts — huit qu'il en avait. Pour chaque mort, Dravot verse un peu de lait par terre, remue le bras comme un moulinet et : « C'est très bien ! » qu'il dit. Ensuite, lui et Carnehan prennent le grand chef de chaque village, chacun sous le bras, descendent avec dans la vallée et leur montrent à tirer une ligne avec un fer de lance tout le long de la vallée, en leur donnant à chacun une motte d'herbe prise des deux côtés de la ligne. Alors tous les gens descendent, gueulant comme le diable et son train, et Dravot dit : « Allez bêcher la terre, croître et multiplier, » ce qu'ils firent, quoiqu'ils ne comprenaient pas. Alors nous demandons les noms des choses dans leur baragouin : l'eau, le pain, le feu, les idoles et le reste, et Dravot amène le prêtre de chaque village devant l'idole et lui dit de rester là pour juger les gens, et que si ça ne marchait pas on lui ficherait un coup de fusil.

La semaine après, ils étaient tous à retourner la terre dans la vallée, tranquilles comme des abeilles et plus jolis à voir ; les prêtres écoutaient les réclamations et rapportaient à Dravot, par gestes, de quoi il s'agissait. « Voilà que ça commence, dit Dravot, ils nous prennent pour des dieux ! » Lui et Carnehan choisissent vingt gaillards solides et leur apprennent à charger un fusil, à doubler par le flanc, à marcher alignés. Ça leur faisait plaisir et ils en voyaient vite la farce. Puis il prend sa pipe et sa blague, laisse un homme dans un village, un homme dans l'autre, et nous partons, histoire de voir ce qu'il y avait à faire dans la prochaine vallée. C'était tout rocher par là, avec un petit village. Carnehan dit : « Envoyons-les planter dans l'autre vallée ! » Il les y emmène comme il dit et leur donne de la terre qui n'appartenait à personne avant. Ils n'étaient pas riches et on leur fit cadeau d'un chevreau avant de les faire entrer dans le nouveau royaume. C'était pour frapper les autres. Ils s'installèrent tout tranquillement, et Carnehan retourna trouver Dravot qui avait poussé dans une autre vallée : rien que de la neige, de la glace et des montagnes énormes. Il n'y avait personne par là et l'armée se prend de peur, de sorte que Dravot en tue un et continue de l'avant jusqu'à ce qu'il trouve quelques habitants dans un village, auxquels l'armée fit comprendre que, s'ils ne veulent pas être massacrés, ils feront mieux de ne pas tirer leurs petits fusils à pierre, car ils avaient des fusils à pierre. On se met bien avec le prêtre, et je reste là tout seul, avec deux de l'armée, à apprendre l'exercice aux hommes ; et alors arrive un grand chef du tonnerre de Dieu, à travers la neige, avec des tambours et des cornes qui faisaient du train, rapport qu'il avait entendu parler d'un nouveau dieu qui se baladait par là. Carnehan vise dans le tas à un demi-mille à travers la neige et en dégringole un. Alors il envoie dire au chef que, s'il ne veut pas se faire tuer, il faut qu'il vienne me donner une poignée de main et laisse les armes derrière. Le chef arrive le premier, tout seul. Carnehan lui serre la main et fait le moulinet avec ses bras, comme Dravot, et le chef n'était pas à moitié étonné et me tâtait les sourcils. Puis Carnehan marche tout seul au chef et lui demande par signes s'il a un ennemi qu'il haït. « J'en ai un, » dit le chef. En entendant ça, Carnehan lui rafle le dessus du panier de ses hommes et leur fait montrer la manœuvre par les deux de l'armée, et, au bout de deux semaines, les hommes se débrouillent à peu près comme des *volunteers*. Alors il marche avec le chef vers un grand coquin de plateau sur le haut d'une montagne, et les hommes du chef donnent l'assaut à un village, et le prennent avec l'aide de nos trois martinis qui tapaient dans le tas. Ça fait que nous prîmes ce village-là aussi, et je donne au chef un morceau de drap de ma veste en disant : « Occupe jusqu'à mon retour ! » à la mode biblique. Histoire de l'y faire penser, lorsque l'armée et moi nous étions éloignés de mille huit cents mètres, je plante une balle dans la neige à deux pas de lui et tous les gens tombent à plat ventre. Puis j'envoyai une lettre à Dravot. Du diable si je savais où le prendre, sur terre ou sur mer…

Au risque de rompre le fil des idées de la loque humaine que j'avais devant moi, j'interrogeai :

— Comment pouvait-on écrire une lettre là-haut, si loin ?

— La lettre ?… Oh ! la lettre ! Continuez à me regarder entre les yeux, s'il vous plaît. C'était une lettre en nœuds de ficelle. Un mendiant aveugle nous avait montré le truc autrefois en Pendjab.

Je me souvins qu'une fois était venu au bureau un aveugle porteur d'une baguette noueuse et d'une ficelle qu'il enroulait à la baguette selon quelque chiffre de son invention. Après un laps de plusieurs heures ou de plusieurs journées, il pouvait répéter la phrase ainsi entortillée. Il avait réduit l'alphabet à onze sons élémentaires, et il essaya de m'enseigner sa méthode, mais sans succès.

— J'envoyai la lettre à Dravot, dit Carnehan, pour lui dire de revenir, parce que ce royaume devenait trop grand pour que je le manie tout seul ; puis je m'en allai du côté de la première vallée, afin de voir comment les prêtres s'en tiraient. On appelait le village que nous venions de prendre, d'accord avec le chef, Bashkai, et le premier que nous avions pris, Er Heb. Les prêtres d'Er Heb se débrouillaient bien, mais ils avaient un tas de disputes à propos de terres à me soumettre, et des hommes d'un autre village avaient tiré des flèches sur le leur, la nuit. Je sortis à la recherche de ce village et lui envoyai cinq balles à mille mètres. Ça faisait le compte de cartouches que je me souciais de brûler ; ensuite je me mis à attendre Dravot, absent depuis deux ou trois mois, et je fis tenir mon peuple tranquille.

Un matin, j'entends un raffut de tambours et de cornes, à croire que c'était le diable en personne, et Daniel Dravot descend la colline avec son armée, des centaines d'hommes qui marchaient derrière, et, ce qu'il y avait de plus épatant, une grande couronne d'or sur la tête.

— Vingt dieux ! Carnehan, dit Daniel, ça devient une affaire énorme, voilà que nous tenons tout le pays à présent, au moins tout ce qui en vaut la peine. Je suis le fils d'Alexandre et de la reine Sémiramis ; toi, tu es mon frère cadet et dieu par-dessus le marché ! C'est la plus grosse ouvrage qu'on ait jamais faite. Il y a six semaines qu'on marche et qu'on en découd, l'armée et moi, et le moindre petit village, à cinquante lieues à la ronde, s'est rendu avec des réjouissances. Le mieux, c'est que j'ai la clef de toute la comédie, comme tu vas voir, et une couronne pour toi. J'en ai fait faire deux dans un endroit appelé Shu, où on trouve l'or dans le roc comme le suif dans la viande. L'or, je l'ai vu : on fait aussi sauter des turquoises du bout du pied dans la roche ; il y a des grenats plein le lit de la rivière, et voilà un bloc d'ambre qu'un homme m'a apporté. Appelle tous les prêtres et, tiens, prends ta couronne.

Un des hommes ouvre un sac de crin noir et je me mets la couronne sur la tête. Elle était petite et trop lourde, mais je la portai pour l'honneur. En or martelé qu'elle était et elle pesait cinq livres — un vrai cerceau de baril.

— Peachey, dit Dravot, nous en avons assez de nous battre. C'est la Maçonnerie, le truc qui m'a si bien aidé — et il fait avancer le même chef que j'avais laissé à Bashkai — Billy Fish, comme nous l'avons nommé plus tard, parce qu'il ressemblait tant à Billy Fish qui conduisait la grande locomotive-réservoir à Mach, sur la Bolan, dans les temps.

— Donne-lui une poignée de main, dit Dravot.

Je lui tends la main et pense tomber de surprise quand Billy Fish me donne l'attouchement maçonnique. Je ne dis rien, mais j'essaye l'attouchement des compagnons. Il répond bien et j'essaye l'attouchement des maîtres, mais, là, plus personne.

— C'est un compagnon, dis-je à Dan. Sait-il le mot ?

— Il le sait, dit Dan, et tous les prêtres de même. C'est un miracle ! Les chefs et les prêtres savent manigancer une loge à peu près à notre manière, et ils ont gravé les insignes sur le roc, mais ils ne connaissent pas le troisième degré et ils viennent apprendre. C'est vrai, comme il y a un Dieu ! Il y a beau temps que je savais que les Afghans connaissaient l'initiation des compagnons, mais ceci est un miracle. Me voici Dieu et grand-maître de l'Ordre et je vais ouvrir une loge du tiers degré. Nous initierons les grands-prêtres et les chefs des villages.

C'est contre toutes les lois de l'Ordre, que je dis, d'ouvrir une loge sans brevet de personne, et nous n'avons jamais tenu de grades dans une loge auparavant.

— C'est un maître coup de politique, au contraire, dit Dravot. Cela revient à mener le pays aussi facilement qu'un cabriolet à quatre roues à la descente d'une côte. Du reste, il n'y a pas de temps à perdre en discussions, ou ils se mettront contre nous. J'ai quarante chefs sur mes talons ; initiés ils seront et promus de même d'après leurs mérites. Cantonne ces hommes dans Les villages et occupe-toi d'organiser une loge tant bien que mal. Le temple d'Imbra fera l'affaire comme salle. Il faut que les femmes fabriquent des tabliers, montre-leur. Je tiens ma levée de chefs ce soir, et la loge demain.

Je n'en revenais pas, mais je n'étais pas si bête que de ne pas voir quel coup d'épaule cette aventure de Maçonnerie nous donnait. Je montrai aux familles des prêtres à confectionner des tabliers d'après les grades, mais, pour le tablier de Dravot, la bordure bleue et les insignes furent brodés en turquoises sur cuir blanc au lieu de drap. Nous plaçâmes une grosse pierre dans le temple pour servir de siège au Maître, et des pierres plus petites pour les officiers, je fis peindre le pavé noir de carrés blancs et me donnai du mal pour que tout fût correct au possible.

Pendant la levée que nous tînmes, ce soir-là, sur le flanc de la colline, parmi de grands feux, Dravot déclara que lui et moi étions dieux, fils d'Alexandre, passés grands-maîtres de l'Ordre et venus faire du Kafiristan un pays où chacun devait manger en paix, boire en repos et surtout nous obéir. Alors les chefs avancent pour nous serrer la main, et, à les voir si barbus, si blancs et si blonds, c'était à croire qu'on la serrait à de vieux copains. Nous les appelions d'après leurs ressemblances à des hommes qu'on avait connus dans l'Inde : Billy Fish, Holly Dilworth, Pikky Kergan — il était Commissaire du Bazar du temps où j'habitais Mhow — et ainsi de suite.

Le plus épatant de tout, ce fut à la loge, la nuit suivante. Un des vieux prêtres ne nous quittait pas de l'œil et je ne me sentais pas à l'aise, sachant qu'il nous faudrait nous tirer des cérémonies à la blague et ne sachant pas ce que les autres en pouvaient savoir. Le vieux prêtre était un étranger venu d'au delà du village de Bashkai. Au moment où Dravot mit le tablier de Maître que les filles lui avaient brodé, le prêtre se mit à brailler et à hurler en essayant de retourner la pierre où Dravot était assis. « C'est tout fichu à présent, que je dis. Voilà ce que c'est de se mêler de Franc-Maçonnerie sans brevet. » Dravot ne sourcilla pas, même quand les dix prêtres empoignent et renversent le siège du Grand-Maître ; c'était, comme qui dirait, la pierre d'Imbra. Le prêtre se met à en frotter la base pour détacher la terre noire, et le voilà qui montre aux autres prêtres la marque du Maître, la même que sur le tablier de Dravot, gravée sur la pierre. Les prêtres du temple d'Imbra ne savaient même pas qu'elle était là. Le vieux tombe à plat aux pieds de Dravot et les baise.

— Veine, encore ! me crie Dravot d'un bout à l'autre de la loge, ils disent que c'est la marque perdue, dont personne ne savait le pourquoi. Nous sommes plus que saufs maintenant.

Alors, il laisse tomber la crosse de son fusil en guise de hallebarde et dit :

— En vertu de l'autorité à moi conférée par ma droite que voici et le secours de Peachey, je me déclare Grand-Maître de toute la Franc-Maçonnerie du Kafiristan en cette Loge-Mère de la contrée, et, de pair avec Peachey, roi du Kafiristan !

Là-dessus, il met sa couronne, je mets la mienne — je faisais fonction de vénérable — et nous ouvrons la loge en due forme.

C'était un miracle épatant. Les prêtres passent les deux premiers degrés presque sans rien dire, comme si la mémoire leur revenait. Après ça, Peachey et Dravot élevèrent d'un rang les plus dignes — grands-prêtres ou chefs de villages éloignés. Billy Fish fut le premier, et je vous prie de croire qu'il en tremblait de peur. Ça ne se passait pas du tout dans les formes ordinaires, mais cela servait notre idée. Nous n'en avons pas promu plus de dix parmi les gros bonnets, ce jour-là, parce que nous ne voulions pas rendre le degré commun. Et c'est à qui crierait pour se faire initier.

— Dans six mois, dit Dravot, nous tiendrons une autre assemblée, et nous verrons comment vous travaillez.

Puis il les interroge sur leurs villages et apprend qu'ils passaient leur vie à se battre les uns avec les autres, et qu'ils en avaient plein le dos à la fin. Autrement, c'était avec les musulmans qu'ils se battaient.

— Ceux-là, vous pourrez vous battre avec, s'ils entrent dans notre pays, dit Dravot. Désignez un homme sur dix par tribu comme garde de frontière et envoyez-en deux cents à la fois dans cette vallée pour se faire dresser. On ne fusillera ni ne saignera plus personne désormais, si vous vous comportez bien, et je sais que vous ne me tricherez pas, parce que vous êtes des blancs — des fils d'Alexandre — non pas de vils musulmans à peau noire. Vous êtes mon peuple à moi, dit-il, et il finit en anglais : — Dieu me damne si je ne fais pas une chouette nation de vous, ou que je claque à la tâche !

Je ne peux pas vous dire tout ce que nous avons fait les six mois qui suivirent, parce que Dravot boutiquait un tas de choses dont je ne voyais pas la raison, et il apprit leur jargon comme jamais je ne pus l'apprendre. Ma besogne consistait à veiller aux labours, à visiter de temps en temps les autres villages avec l'armée pour voir ce qu'ils faisaient, et à leur montrer à jeter des ponts de cordes sur les sacrés ravins qui hachent le pays. Dravot était très gentil pour moi, mais quand il marchait de long en large dans le bois de pins, tirant à deux poings cette barbe rouge sang qu'il avait, je savais bien qu'il pensait à des projets où je ne pouvais pas lui donner d'avis, et je me contentais d'attendre les ordres.

Mais Dravot ne me manquait jamais de respect devant le peuple. Ils avaient peur de moi et de l'armée, mais ils aimaient Dan. Il était lié d'amitié avec les prêtres et les chefs ; mais que le premier venu arrivât de l'autre côté de la montagne avec une réclamation à porter, Dravot l'écoutait jusqu'au bout, réunissait quatre prêtres et disait ce qu'il fallait faire. Il envoyait chercher Billy Fish à Bashkai, Pikky Kergan à Shu, et un vieux chef que nous appelions Kafuzelum — ça ressemblait assez à son vrai nom, — puis tenait conseil avec eux, en cas de batailles entre petits villages. C'était son conseil de guerre, et les quatre prêtres de Bashkai, Shu, Khawak et Madora formaient son conseil privé. À eux tous ils m'envoyèrent avec quarante hommes et vingt fusils, plus soixante porteurs de turquoises, dans le pays de Ghorband, pour acheter des fusils Martini, fabriqués à la main, et qui sortent des arsenaux de l'amir à Kaboul, à un des régiments hératis de l'amir, des gens qui auraient vendu les dents de leurs mâchoires pour des turquoises.

Je restai un mois à Ghorhand. Je laissai au gouverneur le dessus de mes paniers pour qu'il se taise, et graissai la patte au colonel du régiment. En fin de compte nous emportâmes plus de cent martinis faits à la main, cent bons *jezails*[8] de Kohat qui portent à six cents mètres, et quarante charges de mauvaises munitions pour les fusils. Je rentrai avec tout, et en fis la distribution parmi les hommes que les chefs m'envoyaient à dresser. Dravot était trop affairé pour s'occuper de ces choses, mais l'ancienne armée que nous avions formée m'aida et je mis sur pied cinq cents hommes, bons manœuvriers, et deux cents capables de porter à peu près les armes. Jusqu'à ces pétoires fabriquées à la main et au tire-bouchon, qui leur semblaient des miracles ! Dravot parlait beaucoup de poudreries et d'arsenaux, tout en marchant de long en large dans le bois de pins, aux approches de l'hiver.

— Ce n'est pas une nation que je veux faire, disait-il, c'est un empire. Ces hommes-là ne sont pas des noirs, mais des Anglais ! Regarde leurs yeux, leurs bouches. Vois la manière dont ils se tiennent debout. Ils se servent de chaises dans leurs maisons. Ce sont les Tribus Perdues[9] ou quelque chose de la sorte, et ils sont devenus Anglais. Je ferai un recensement au printemps, si les prêtres ne prennent pas peur. Il doit y avoir deux bons millions d'habitants dans ces montagnes. Les villages sont pleins de petits enfants. Deux millions — deux cent cinquante mille combattants — et tous Anglais ! Ils n'ont besoin que de fusils et d'un peu d'exercice. Deux cent cinquante mille hommes, tout prêts à entamer les Russes de flanc le jour où ils s'en prendront à l'Inde ! Peachey, mon vieux, disait-il, mâchant sa barbe à gros morceaux, nous serons empereurs — empereurs de la terre. Le rajah Brooke ne sera qu'un gosse à côté de nous. Je traiterai de pair avec le vice-roi. Je lui demanderai de m'envoyer douze Anglais de choix — douze que je connais — pour nous aider à gouverner un brin. Il y a Mackray, le sergent retraité à Segowli, — je lui dois plus d'un bon dîner et une paire de culottes à sa femme. Il y a Donkin, le geôlier de la prison à Tounghoo, des centaines d'autres sur qui je mettrais la main tout de suite si j'étais dans l'Inde. Le vice-roi fera ça pour moi. J'enverrai quelqu'un au printemps chercher ces hommes, et je demanderai par écrit ma dispense à la grande Loge pour ce que j'ai fait comme Grand-Maître. Il me faut cela — cela et les Sniders qu'on réformera quand on donnera le Martini aux troupes noires des Indes. Ils seront usés, mais ils feront l'affaire pour la guerre par ici. Douze Anglais, cent mille sniders passés à travers le pays de l'amir en petits convois — vingt mille par an ça me suffirait — et nous serions un empire ! Une fois tout dégrossi, je remettrai ma couronne — celle-là même que je porte aujourd'hui — je la remettrai, un genou en terre, à la reine Victoria, et elle dirait : « Levez-vous, sir Daniel Dravot. » Oh ! c'est énorme, je te dis. Mais il y a tout à faire partout — à Bashkai, Khawak, Shu et ailleurs…

— Quoi donc, répondis-je ? Il ne viendra plus d'hommes se faire instruire cet automne. Regarde ces gros nuages noirs. Ils amènent la neige.

— Ce n'est pas ça, dit Daniel, en posant sa main très fort sur mon épaule, je ne voudrais pas dire un mot contre toi, car aucun homme en vie ne m'aurait suivi ni fait ce que je suis, aussi bien que toi. Tu es un général en chef de premier ordre, le peuple le sait, mais… c'est un grand pays, et, en définitive, tu ne peux pas m'aider, Peachey, de la manière qu'il faudrait.

— Va demander à tes sacrés prêtres, alors ! dis-je, et je regrettai tout de suite d'avoir dit cela, mais ça me blessait au vif d'entendre Daniel le prendre de si haut avec moi qui avais instruit tous les hommes et fait tout ce qu'il m'avait dit.

— Ne nous disputons pas, Peachey, dit Daniel sans jurer. Tu es roi aussi, la moitié de ce royaume est à toi ; mais ne vois-tu pas, Peachey, qu'il y faut à présent des gens plus forts que nous — trois ou quatre qu'on pourrait placer par-ci par-là dans le pays, en qualité de représentants ? C'est un diable de grand État, je ne sais pas toujours ce qu'il est à propos de faire, je n'ai pas le temps pour tout ce que je voudrais, voilà l'hiver qui s'amène et le reste…

Il se fourra dans la bouche la moitié de sa barbe, et elle paraissait aussi rouge que l'or de sa couronne. Je dis :

— Je suis fâché, Daniel. J'ai fait ce que j'ai pu. J'ai instruit les hommes et montré aux gens à mettre en meules leur avoine ; j'ai aussi apporté ces camelotes de fusils du Ghorband, mais je vois où tu veux en venir. Les rois sont toujours embêtés par des idées comme ça.

— Il y a encore autre chose, dit Dravot en marchant de long en large. L'hiver arrive, le peuple ne nous donnera guère de mal à présent, et même en ce cas nous ne pourrions pas bouger. Il me faut une femme.

— Pour l'amour de Dieu, laisse les femmes tranquilles ! que je dis. Nous avons tous les deux les mains combles de besogne, quoique pour ma part je ne sois qu'un imbécile. Rappelle-toi le contrat et ne t'empêtre pas de jupons.

— Le contrat n'avait force que jusqu'au moment où nous serions rois ; et, rois, nous avons régné voilà plusieurs mois passés, dit Dravot en soupesant sa couronne. Va-t'en chercher femme, toi aussi, Peachey, une jolie fille, découplée, bien en chair, qui te tienne chaud l'hiver. Elles sont plus jolies que les filles d'Angleterre, et nous pouvons choisir.

— Ne me tente pas, je lui dis. Je ne veux pas avoir affaire à une femme avant que nous soyons un sacré brin plus d'aplomb que pour le moment. J'ai travaillé comme deux et toi comme quatre… Reposons-nous un peu, tâchons de nous faire fournir de meilleur tabac en pays afghan et d'introduire quelque chose à boire ; mais pas de femmes.

— Qui parle de *femmes* ? dit Dravot. Il ne m'en faut qu'une — une reine qui engendre au roi un fils de roi. Une reine issue de la tribu la plus forte et qui en fasse tes frères de sang, qui dorme à ton flanc et te répète tout ce que le peuple pense autant de toi que de ses propres affaires. Voilà ce qu'il me faut.

— Te rappelles-tu cette Bengali que j'entretenais à Mogul-Serai quand j'étais ouvrier poseur ? Elle m'a rendu service, pour sûr. Elle m'a appris la langue et une ou deux autres choses ; mais qu'est-ce qui est arrivé ? Elle a fichu le camp avec le *khidmatgar*[10] du chef de gare et un demi-mois de ma paye. Puis, un beau jour, la voilà qui s'amène, en pleine station de Dadur, à la traîne derrière un métis, et a l'impudence de m'appeler son mari devant tous les mécaniciens, dans le hangar aux machines !

— Fini, tout ça, dit Dravot. Ces femmes d'ici sont plus blanches que toi et moi, et j'aurai une reine pour les mois d'hiver.

— Je te le demande pour la dernière fois, Dan, ne fais pas ça. Il n'en viendra que du mal. La Bible défend aux rois de perdre leur force avec les femmes, surtout quand ils ont à se tirer d'affaire avec un royaume tout neuf.

— Pour la dernière fois, je réponds : Ce sera comme je veux, dit Dravot. Et il avait l'air d'un grand diable rouge, comme il s'en allait à travers les pins. Le soleil bas tapait de côté sur la couronne et la barbe, et toutes deux flamboyaient comme des braises.

Ça n'était pas si facile de prendre femme que Dan le croyait. — Il exposa la chose au conseil, et personne ne répondit jusqu'au moment où Billy Fish dit qu'il ferait bien de demander aux filles.

Dravot se mit à sacrer à la ronde.

— Qu'y a-t-il contre moi ? qu'il cria, debout près de l'idole Imbra. Suis-je un chien ou pas assez un homme pour vos donzelles ? N'ai-je point étendu l'ombre de ma main sur cette terre ? Qui a repoussé le dernier raid afghan ?

C'était moi, à la vérité, mais Daniel était trop en colère pour s'en souvenir.

— Qui a acheté vos fusils ? Réparé les ponts ? Qui est le grand maître du signe gravé sur la pierre ?

Et il cogna du poing sur le bloc où il siégeait d'ordinaire — en loge comme au conseil — les deux se tenaient de même manière toujours. Billy Fish ne dit rien, les autres non plus.

— Ne t'emballe pas, Dan, que je dis, et demande aux filles. C'est comme cela qu'on fait chez nous, et ces gars-là sont tout à fait anglais.

— Le mariage du roi est affaire d'État, dit Dan.

Dans sa colère blanche il se rendait compte, il faut croire, qu'il allait contre son intérêt mieux entendu. Il sortit à grands pas de la salle du conseil, et les autres restaient immobiles, les yeux fichés à terre.

— Billy Fish, dis-je au chef de Bashkai, quelle difficulté se présente donc ici ? Réponds franchement comme à un franc ami.

— Vous le savez, dit Billy Fish. Que vous apprendrait un homme à vous qui savez tout ? Comment les filles des hommes s'uniraient-elles à des dieux ou à des diables ? Ce n'est pas convenable.

Je me rappelais quelque chose de la sorte dans la Bible ; mais du moment qu'ils nous prenaient encore pour des dieux depuis le temps qu'ils nous connaissaient, ce n'était pas à moi de les détromper.

— Un Dieu peut tout, dis-je. Si le roi aime une femme, il ne permettra point qu'elle meure.

— Il le faudra, dit Billy Fish. Il y a toutes sortes de dieux et de diables dans ces montagnes, et de temps en temps une fille en épouse un et on ne la revoit plus. En outre, vous connaissez tous deux la marque gravée sur la pierre. Les dieux seuls connaissent cela. Nous vous croyions hommes jusqu'à ce que vous ayez montré le signe du maître.

Toute cette nuit-là on entendit souffler dans des cornes et une voix de femme qui pleurait à se faire mourir. Cela venait d'un petit temple noir à mi-chemin de la colline. Un des prêtres nous dit qu'on la préparait à devenir la femme du roi.

— Pas de ces blagues, dit Dan. Je ne veux pas me mêler de vos coutumes, mais c'est moi qui choisirai ma femme.

— Elle a peur un peu, dit le prêtre. Elle croit qu'elle va mourir, et on lui redonne du cœur là-bas dans le temple.

— Donnez-lui du cœur en douceur alors, dit Dravot, ou je vous en donnerai à coups de crosse de façon à vous ôter l'envie qu'on vous en donne jamais plus.

Il se passa la langue sur les lèvres et resta la moitié de la nuit à se promener de haut en bas, en pensant à la femme qu'il aurait au matin. Je ne me sentais guère à l'aise, car je savais que des histoires de femmes en pays étranger, fût-on roi vingt fois, ça ne pouvait qu'être risqué. Je me levai de très bonne heure le lendemain, Dravot dormait encore, et je vis les prêtres qui chuchotaient entre eux, les chefs qui se parlaient bas aussi, et tous m'observaient du coin de l'œil.

— Qu'est-ce qui chauffe, Fish ? dis-je au chef de Bashkai. Il était superbe à voir avec ses habits de fourrures.

— Je ne sais pas au juste, dit-il, mais si vous pouvez amener le roi à renoncer à toute cette histoire de mariage, vous nous rendrez un fier service à lui et à moi comme à vous.

— Ça, je le crois, dis-je. Mais pour sûr, Billy, tu sais aussi bien que moi, toi qui t'es battu contre et pour nous, que le roi et moi ne sommes rien de plus que deux des plus rudes hommes que le Seigneur ait jamais faits. Rien de plus, je t'assure.

— Possible, dit Billy Fish, et pourtant j'en serais fâché. Il laissa tomber sa tête sur son grand manteau fourré pendant une minute, et réfléchit.

— Roi, dit-il, homme, dieu ou diable, compte sur moi dès ce jour. J'ai vingt hommes avec moi qui me suivront. Nous irons à Bashkai jusqu'au grain passé.

Il était tombé un peu de neige cette nuit et tout était blanc, sauf les gros nuages huileux qui se suivaient l'un après l'autre dans le vent du Nord. Dravot parut, couronne en tête, battant des bras et frappant des pieds, l'air plus content qu'un dieu.

— Pour la dernière fois, Dan, lâche ton idée, je lui dis tout bas. Voilà Billy Fish qui dit qu'il y aura du grabuge.

— Parmi mon peuple ? dit Dravot. Je voudrais voir. Peachey, tu es fou de ne pas prendre une femme aussi. Où est-elle ? dit-il d'une voix comme un âne qui brait. Rassemblement pour les chefs et prêtres, et que l'empereur voie si son épouse lui convient.

Il n'y avait besoin de rassembler personne. Ils étaient tous là, appuyés sur leurs fusils et leurs lances, autour de la clairière, au milieu du bois de pins. Une députation de prêtres descendit au petit temple chercher la jeune fille, et les cornes soufflaient à réveiller les morts. Billy Fish, sans en avoir l'air, se rapprocha de Daniel le plus possible, et derrière lui se tenaient ses vingt hommes avec leurs fusils à bassinet. Pas un moins haut que six pieds. J'étais à côté de Dravot avec, derrière moi, vingt hommes de l'armée régulière. Arrive la femme, un beau brin de fille, couverte d'argent et de turquoises, mais pâle comme la mort et qui, à chaque instant, se retournait vers les prêtres.

— Elle fera l'affaire, dit Dan, en la regardant de la tête aux pieds. Qu'y a-t-il donc, fillette, pour avoir peur ? Viens m'embrasser.

Il lui passe le bras autour de la taille. Elle ferme les yeux, fait un petit cri, et voilà sa figure qui tombe, de côté, dans la barbe rouge-feu de Dravot.

— La garce m'a mordu ! qu'il dit en portant la main à son cou, et pour sûr qu'il la retira rouge de sang. Billy Fish et deux de ses fusiliers empoignent Dan par les épaules et le tirent en arrière parmi les hommes de Bashkai, tandis que les prêtres hurlent dans leur baragouin : « Ni Dieu, ni diable — un homme ! » J'étais abasourdi, un prêtre me porta un coin de pointe de face et, en arrière, l'armée se mit à faire feu sur les hommes de Bashkai.

— Bon Dieu de bon Dieu ! dit Dan. Qu'est-ce que ça veut dire ?

— Rentrons ! Allons-nous-en ! crie Billy Fish. Ruine et révolte, voilà ce que c'est. Gagnons Bashkai, si l'on peut.

J'essayai de donner des ordres à mes hommes — ceux de l'armée régulière — mais ça ne servait à rien, de sorte que je fis feu dans le tas avec un Martini de manufacture anglaise, et j'en abattis trois gueux d'affilée. La vallée était pleine de créatures qui criaient, hurlaient, et chaque bouche gueulait : « Ni Dieu, ni diable, rien qu'un homme ! » Les troupes de Bashkai tinrent bon pour Billy Fish comme elles purent, mais leurs fusils à bassinet ne valaient pas de beaucoup les autres, de Kaboul, à chargement par la culasse, et quatre hommes tombèrent. Dan beuglait comme un taureau, de rage, et Billy Fish en avait plein les bras à l'empêcher de foncer sur la foule.

— Il n'y a pas moyen de tenir, dit Billy Fish. Sauve qui peut, par la vallée ! Tout le monde est contre nous !

Les hommes courent, et nous descendons la vallée malgré les protestations de Dravot. Il jurait horriblement, criant qu'il était roi. Les prêtres nous firent rouler de grosses pierres dessus, l'armée régulière tirait à force et il n'y eut pas plus de six hommes, sans compter Dan, Billy Fish et moi, qui arrivèrent vivants au bas de la vallée.

Puis on cessa le feu, et les cornes se remirent à sonner dans le temple.

— Venez ! Pour l'amour de Dieu, venez ! dit Billy Fish. Ils enverront des courriers à tous les villages avant même que nous atteignions Bashkai. Je réponds de vous là, mais je ne peux rien faire pour l'instant.

On ne m'ôtera pas de la tête que Dan commença à devenir fou dès ce moment-là. Il regardait en haut, en bas, les yeux écarquillés, comme un cochon empaillé. Puis il voulut retourner afin de tuer les prêtres de ses mains nues — il l'aurait fait.

— Je suis un empereur, disait Daniel, et l'année prochaine je serai chevalier de la reine.

— Très bien, Dan, que je dis, mais viens-t'en pour lors pendant qu'il est temps.

— C'est ta faute, dit-il. Il fallait mieux surveiller ton armée. La révolte y couvait, et tu n'en savais rien — sacré mécanicien, espèce de poseur de plaques, de tapeur de missionnaires de malheur !

Il s'assit sur un rocher et m'appela de tous les vilains noms qui lui passaient par la tête. J'avais le cœur trop gros pour que ça me fasse rien ; pourtant c'était sa folie seule qui avait causé la débâcle.

— Je suis fâché, Dan, que je dis, mais on ne peut pas compter sur des natifs. C'est notre 57 à nous, cette affaire. Bah ! nous nous en tirerons peut-être encore, une fois rendus à Bashkai.

— Allons à Bashkai donc, dit Dan, et par Dieu quand je reviendrai ici, je nettoierai si bien la vallée qu'il n'y restera pas un pou dans un tapis !

Nous marchâmes tout le jour et toute la nuit, Dan trépignant dans la neige, rongeant sa barbe et marmottant tout seul.

— Il n'y a pas chance de s'en tirer, dit Billy Fish. Les prêtres auront envoyé des coureurs dans les villages dire que vous n'étiez que des hommes. Pourquoi n'avez-vous pas continué à faire les dieux jusqu'à ce que tout fût plus d'aplomb ? Je suis un homme mort.

Et il se jette de tout son long sur la neige et se met à prier ses dieux.

Le lendemain matin nous étions dans un sacré mauvais pays, tout en hauts et bas, rien de niveau, et rien à manger non plus. Les six hommes de Bashkai regardaient Billy Fish avec des yeux affamés, mais ils ne dirent pas un mot. À midi, nous arrivons en haut d'une montagne plate toute couverte de neige, et une fois grimpés sur le plateau, qu'est-ce que nous voyons ? Une armée rangée en bataille au beau milieu !

— Les courriers sont allés vite, dit Billy avec un petit rire. On nous attend.

Trois ou quatre des ennemis commencèrent à tirer, et une balle attrapa par hasard Daniel dans le mollet. Ça le remet de sang-froid. En regardant par-dessus la neige vers l'armée, il reconnaît les fusils que nous avions introduits dans le pays.

— Nous sommes foutus, qu'il dit. Ce sont des Anglais, ces gens — et c'est mes sacrées bêtises qui t'ont amené là. Retourne, Billy Fish, et emmène tes hommes. Tu as fait ce que tu as pu, sauve-toi maintenant. Carnehan, qu'il dit, serre-moi la main, et va-t'en avec Billy. Peut-être ils ne te tueront pas. J'irai au-devant d'eux tout seul. C'est moi qui ai tout fait. Moi, le roi.

— Tout seul ! que je dis. Va-t'en au diable, Dan. Nous sommes deux ici. Billy Fish, défile-toi, et nous irons ensemble, nous autres, au-devant de ces gens-là.

— Je suis un chef, dit Billy Fish, tout tranquille. Je reste avec vous. Mes hommes peuvent partir.

Les gars de Bashkai ne se le firent pas dire deux fois et prirent la course. Dan et moi et Billy Fish nous marchâmes vers l'endroit où les tambours battaient et où cornaient les cornes. Il faisait froid — terriblement froid. J'ai encore ce froid-là dans la nuque à cette heure. Il y en a un morceau, toujours, là.

Les coolies du pankah s'étaient endormis. Deux lampes à pétrole flamboyaient dans le bureau, la sueur ruisselait de mon visage et s'écrasait en grosses gouttes sur le buvard comme je me penchais en avant. Carnehan grelottait. J'eus peur que sa raison ne fléchît. Je m'épongeai le front, étreignis de nouveau ses mains pitoyables et mutilées, et dis :

— Qu'arriva-t-il après cela ?

Mes yeux détournés un instant, cela avait suffi pour rompre le courant lucide.

— S'il vous plaît ? gémit Carnehan. Ils les prirent sans faire de bruit. Pas un petit murmure sur toute l'étendue de neige, rien, malgré que le roi culbutât le premier qui lui mit la main dessus, ni quoique le vieux Peachey fit feu de sa dernière cartouche dans le tas. Pas le moindre petit bruit, les cochons ! Ils se refermèrent sur nous, pas plus, mais serrés, et je vous prie de croire que leurs fourrures puaient. Il y avait un homme appelé Billy Fish — bon ami à nous tous — et ils l'égorgèrent, Monsieur, devant nous, comme un porc ; et le roi faisait voler du pied la neige rouge en disant : « Nous en avons eu pour notre argent au moins. À qui le tour ? » Mais Peachey, Peachey Taliaferro — je vous le dis, Monsieur, entre nous, comme un ami, en confidence — il perdit la tête, Monsieur. Non, il ne perdit ni l'une ni l'autre. C'est le Roi qui perdit la tête, oui, tout le long d'un de ces rusés de ponts de corde. Ayez la bonté de me passer le coupe-papier, Monsieur. Il versa, le pont, comme ça. On les fit marcher un mille sur la neige jusqu'à un pont de corde en travers d'un ravin avec une rivière au fond. Vous en avez vu de pareils. On les piquait par derrière comme des bœufs.

— Damnées brutes, dit le roi, croyez-vous que je ne saurai pas mourir comme un gentleman ?

Il se tourne vers Peachey — Peachey qui pleurait comme un gosse :

— C'est moi qui t'ai conduit là, Peachey, qu'il dit. Arraché à ta bonne vie pour te faire tuer en Kafiristan où tu étais, il n'y a pas longtemps, général en chef des forces de l'empereur. Dis-moi que tu me pardonnes, Peachey ?

— Sûr que je te pardonne, et de tout cœur, Dan.

— Ta main, Peachey, dit-il. J'y vais maintenant.

Et le voilà qui s'avance, sans regarder à droite ni à gauche, et une fois arrivé en plein au milieu de ces sales cordes qui dansent de vertige : « Coupez, chiens ! » qu'il crie, et ils coupent, et mon vieux Dan tomba, en tournant sur lui-même, pendant vingt mille lieues, car il mit une demi-heure à tomber avant de toucher l'eau, et je voyais son corps aplati sur une pierre et la couronne d'or à côté.

Mais savez-vous ce qu'ils firent à Peachey entre deux troncs de pins ? Ils le crucifièrent, Monsieur, comme ça se voit en regardant ses mains. Ils lui enfoncèrent des chevilles de bois dans les mains et dans les pieds, et il n'est pas mort. Il resta accroché là, et il hurlait. On le descendit le jour suivant, et tout le monde dit que c'était un miracle qu'il ne fût pas mort. Ils le descendirent — pauvre vieux Peachey qui ne leur avait rien fait — qui ne leur avait…

Il se mit à se balancer en pleurant amèrement et s'essuyant les yeux du revers de ses mains scarifiées. Il gémit comme un enfant pendant quelque dix minutes.

— Ils furent assez cruels pour lui donner à manger dans le temple, parce qu'ils disaient qu'il était plus Dieu que son vieux Daniel qui était homme. Puis ils le jetèrent dehors sur la neige, et lui dirent de retourner dans son pays ; et Peachey retourna — il mit à peu près une année — en mendiant le long des routes. Il n'avait pas peur parce que Daniel Dravot marchait devant et disait : « Viens, Peachey, c'est de grandes choses que nous faisons. » Les montagnes dansaient la nuit, et elles tâchaient de tomber sur la tête de Peachey ; mais Dan levait la main et Peachey suivait tout le long et courbé en deux. Il ne lâchait jamais la main de Dan et il ne lâcha jamais la tête de Dan. Ils la lui donnèrent dans le temple, pour qu'il se rappelle de ne plus revenir, et quoique la couronne soit en or pur et que Peachey eût faim, jamais Peachey n'aurait voulu la vendre. Vous avez connu Dravot,

Monsieur ? Vous avez connu le très vénérable F∴ Dravot ! Regardez-le maintenant !

Il fouilla dans l'épaisseur des loques qui entouraient sa taille tordue, retira un sac de crin noir brodé de fil d'argent, et en secoua sur la table la tête desséchée et flétrie de Daniel Dravot ! Le soleil matinal, car depuis longtemps les lampes avaient pâli, frappa la barbe rouge, les yeux aveugles dans les orbites creuses, de même que le lourd cercle d'or incrusté de turquoises brutes que Carnehan plaça tendrement sur les tempes blêmies.

— Vous contemplez maintenant l'empereur en son appareil ordinaire, comme il vivait — le roi du Kafiristan avec la couronne en tête. Pauvre vieux Daniel qui fut monarque une fois !

Je frémis, car défigurée par vingt blessures, je reconnaissais malgré tout la tête de l'homme que j'avais vu à la gare de Marwar. Carnehan se leva pour partir. J'essayai de le retenir. Il n'était pas en état d'affronter la température extérieure.

— Laissez-moi emporter le whiskey et donnez-moi un peu d'argent, souffla-t-il. J'ai été roi autrefois. J'irai trouver le deputy-commissioner et demanderai une place à l'asile jusqu'à ce que j'aie retrouvé ma santé. Non, merci, je n'ai pas le temps d'attendre que vous me fassiez chercher un *gharri*[11]. J'ai des affaires particulières urgentes, dans le Sud, à Marwar.

Il sortit péniblement du bureau et prit la direction de la maison du deputy-commissioner. Ce jour-là, à midi, ayant occasion de descendre le Mail sous la chaleur aveuglante, j'aperçus un estropié qui se traînait dans la poussière au bord de la route blanche, son chapeau à la main, chevrotant douloureusement à la manière des chanteurs des rues en Europe. Il n'y avait personne en vue, et l'homme était hors de portée d'oreille des maisons les plus proches. Il chantait du nez en tournant la tête de droite et de gauche :

> The son of man goes forth to war,
> A golden crown to gain ;
> His blood-red banner streams afar —
> Who follows in his train[12] ?

Je ne voulus pas en entendre plus long. J'embarquai le misérable dans ma voiture et le conduisis au missionnaire le plus proche, à fin de transport éventuel à l'asile. Il répéta l'hymne deux fois pendant le temps qu'il passa avec moi qu'il ne reconnaissait pas le moins du monde, et je le quittai qu'il le chantait encore au missionnaire.

Deux jours après je m'enquis de son état auprès du directeur de l'asile.

— On l'a reçu ici atteint d'insolation, dit le directeur. Il est mort hier matin de bonne heure. Est-ce vrai qu'il a passé une demi-heure tête nue au soleil, à midi ?

— Oui, dis-je ; mais savez-vous si par hasard il n'avait rien sur lui quand il est mort ?

— Pas que je sache, dit le directeur. L'affaire en est restée là.

1. ↑ Sorte de galette indigène qui remplace le pain.
2. ↑ Éruption cutanée accompagnée de démangeaisons et particulière à l'été tropical.
3. ↑ Whisky et Soda.
4. ↑ Allusion à l'aventure du voyageur Brooke, élu monarque absolu de l'État de Sarawak, dans l'île de Bornéo.
5. ↑ Constantinople.
6. ↑ Les Russes.
7. ↑ Hommage.
8. ↑ Fusils à pierre.
9. ↑ D'Israël.
10. ↑ Domestique.
11. ↑ Voiture de place.
12. ↑   Le fils de l'homme part en guerre,
   Il veut une couronne d'or ;
   Son drapeau rouge flotte au loin,
   Qui le suivra vers son destin ?

LA PORTE DES CENT MILLE PEINES

CECI n'est pas un morceau dont le mérite me revienne. Mon ami, Gabral Misquitta, le métis, me le raconta d'un bout à l'autre, entre le coucher de la lune et l'aube, six semaines avant de mourir, et je le recueillis tel quel de sa bouche, à mesure qu'il répondait à mes questions. Voici :

« C'est entre l'impasse des Chaudronniers et le quartier des marchands de tuyaux de houka, à cent mètres tout au plus, à vol d'oiseau, de la mosquée de Wazir Khan.

Je dirais cela à n'importe qui, mais je le défie de trouver la porte, si bien qu'il pense connaître la ville. Vous pourriez explorer cent fois l'impasse même où elle s'élève et n'en savoir pas plus long. Nous appelions l'impasse : l'Impasse de la Fumée-Noire, mais il va sans dire que le nom indigène est tout à fait différent. Un âne chargé ne pourrait passer entre les murailles ; et il y a un endroit, juste avant d'atteindre la Porte, où une façade de maison fait ventre et force les gens à marcher tout de côté.

Ce n'est pas une porte en somme, c'est une maison. Elle appartenait d'abord au vieux Fung-Tching il y a de cela cinq ans. Il était cordonnier à Calcutta. On dit qu'il avait assassiné sa femme un jour qu'il était ivre. C'est pourquoi il renonça au rhum du bazar et se mit à la Fumée Noire. Plus tard, il remonta vers le nord, vint ici et ouvrit la Porte qu'il installa sur le pied d'une maison où l'on pourrait fumer au calme et en paix.

Remarquez-le, c'était une fumerie *pukka*[1], respectable, non pas un *chandoo khana*, un de ces fours étouffants, comme on en trouve partout dans la ville. Non ; le vieux connaissait son affaire à fond, et il était très propre pour un Chinois. C'était un petit bonhomme, pas beaucoup plus de cinq pieds de haut, borgne et qui avait perdu le doigt du milieu à chaque main. Et cependant l'homme le plus adroit à rouler des pilules que j'aie jamais vu. Avec ça, jamais l'air d'être touché non plus par la fumée, et ce qu'il en prenait pourtant jour et nuit, nuit et jour, c'était à faire peur. Je m'y suis mis depuis cinq ans, et je peux tenir tête pour cela à n'importe qui ; mais j'étais un enfant, sous ce rapport, auprès de Fung-Tching. Malgré cela, le vieux se montrait âpre au gain, très âpre ; et c'est une chose que je ne peux pas comprendre. J'ai entendu dire qu'il avait amassé pas mal avant de mourir, mais c'est son neveu qui a tout cela maintenant, et le vieux est retourné en Chine pour se faire enterrer.

Il tenait la grande chambre du haut, où ses meilleurs clients se réunissaient, aussi propre qu'une épingle neuve. Dans un coin il y avait le Bon Dieu de Fung-Tching — presque aussi laid que Fung-Tching lui-même — toujours avec des bâtonnets d'encens qui lui brûlaient sous le nez ; mais on ne les sentait plus quand les pipes marchaient. En face du Bon Dieu se trouvait le cercueil de Fung-Tching. Il avait dépensé pour ça une bonne partie de ses épargnes, et toutes les fois qu'une nouvelle personne venait à la Porte, on ne manquait jamais de le lui présenter. Il était laqué noir, avec des écritures rouge et or dessus, et j'ai entendu dire que Fung-Tching l'avait apporté d'aussi loin que de Chine même. Je ne sais pas si c'est vrai ou non, mais je sais que les soirs où j'arrivais le premier, j'étendais ma natte au pied. Voyez-vous, c'était un coin tranquille, et une sorte de brise, de temps à autre, arrivait de l'impasse à travers la fenêtre. En dehors des nattes, il n'y avait pas d'autres meubles dans la chambre — rien que le cercueil et le vieux Bon Dieu tout vert, violet et bleu d'usure et d'âge.

Fung-Tching ne nous dit jamais pourquoi il appelait sa maison « la Porte des Cent Mille Peines ». (C'est le seul Chinois de ma connaissance qui inventât des noms malsonnants ou tristes. La plupart sont du genre fleuri, comme on peut voir à Calcutta.) Il nous fallait trouver cela nous-mêmes.

Rien ne prend plus d'empire sur vous, quand on est blanc, que la Fumée Noire. Un jaune n'est pas bâti de même. L'opium ne lui fait presque rien ; mais les blancs et les noirs en souffrent beaucoup.

Sans doute, il y a des gens que, pour commencer, la fumerie n'affecte pas plus que ne ferait le tabac. Ils font un petit somme tout comme on s'endormirait d'un sommeil naturel, et le matin suivant ils se réveillent presque dispos pour le travail. Moi qui vous parle j'appartenais à cette sorte au commencement. Mais voilà cinq années que je ne fume pas mal régulièrement, et c'est tout différent aujourd'hui. J'avais une vieille tante, là-bas, du côté d'Agra, qui me laissa quelque chose à sa mort. À peu près soixante roupies par mois. Soixante, ce n'est pas beaucoup. Je me rappelle un temps, il me semble qu'il y a des centaines et des centaines d'années, où je gagnais mes trois cents roupies par mois, sans compter les petits profits, quand je travaillais pour le compte d'une grande entreprise de bois à Calcutta.

Je ne restai pas longtemps dans ce métier-là. La Fumée Noire ne permet guère d'autre besogne ; et, bien qu'elle ait peu d'action sur moi, je ne pourrais plus aujourd'hui, du train dont vont les choses, faire une journée de travail pour sauver ma vie. Après tout, soixante roupies, c'est tout ce qu'il me faut. Quand le vieux Fung-Tching vivait, il touchait l'argent pour moi, m'en donnait environ la moitié pour vivre (je mange très peu) ; quant au reste, il le gardait. J'avais mes entrées à la Porte à tout instant du jour et de la nuit, et je pouvais y fumer et dormir quand je voulais. Le reste ne m'importait guère. Je sais bien que le vieux y gagnait ; mais qu'est-ce que cela fait ? Rien ne me fait beaucoup ; et, en outre, l'argent arrivait toujours et sans interruption chaque mois après l'autre.

Nous étions dix à nous rencontrer à la Porte lorsqu'on ouvrit la Fumerie. Moi, deux Babous[2] d'un bureau de l'État quelque part dans Anarkulli[3], mais ils se firent saquer et ne pouvaient plus payer (il n'est pas d'homme, obligé de travailler le jour, qui puisse continuer longtemps la Fumée Noire) ; un Chinois, neveu de Fung-Tching ; une femme du bazar qui avait des tas d'argent je ne sais trop comment ; un vagabond anglais : Mac quelque chose, je crois, mais j'ai oublié, — qui fumait ferme, mais n'avait jamais l'air de rien payer (on disait qu'il avait sauvé la vie à Fung-Tching dans un procès à Calcutta lorsqu'il était avocat) ; un autre Eurasien, comme moi, de Madras ; une femme métisse et deux hommes qui disaient venir du Nord. Je crois qu'ils devaient être Persans, Afghans ou quelque chose comme cela. Il n'en reste que cinq vivants maintenant, mais nous venons régulièrement. Je ne sais pas ce qui est arrivé aux Babous ; quant à la femme de bazar, elle mourut au bout de six mois de la Porte, et je crois que Fung-Tching garda pour lui ses bracelets et son anneau de nez, mais je n'en suis pas sûr. L'Anglais, lui, buvait autant qu'il fumait, et disparut. Un des Persans se fit tuer une nuit dans une bagarre près du grand puits voisin de la mosquée, il y a longtemps de ça, et la police condamna le puits parce qu'on le disait plein d'air empoisonné. On trouva l'homme mort au fond. Ainsi, vous voyez, il n'y a que moi, le Chinois, la femme métisse que nous appelons la *Memsahib* (elle vivait avec Fung-Tching), l'autre Eurasien et l'un des Persans. La *Memsahib* a l'air très vieille à présent ; c'était, je pense, une jeune femme aux premiers jours de la Porte ; mais nous sommes tous vieux maintenant à ce compte-là de centaines et centaines d'années. C'est très difficile de garder la notion du temps, à la Porte, et, d'ailleurs, le temps n'a pas d'importance pour moi. Je touche mes soixante roupies régulièrement chaque mois l'un après l'autre. Il y a très, très longtemps, quand je gagnais trois cent cinquante roupies par mois, avec profits, dans une grande entreprise de bois, à Calcutta, j'avais une femme quelconque, mais elle est morte à l'heure qu'il est. On a dit que je l'ai tuée en me mettant à la Fumée Noire. Peut-être bien, mais il y a si longtemps que cela n'importe guère. Autrefois, les premiers jours où je venais à la Porte, j'avais de la peine en y pensant, mais tout cela est passé, fini depuis longtemps, et je touche mes soixante roupies toujours régulièrement, un mois après l'autre, et je suis tout à fait heureux. Non pas d'un bonheur d'ivrogne, vous savez, mais un état tranquille, paisible et satisfait.

Comment je m'y suis mis ? C'était à Calcutta, je commençai par en essayer chez moi, rien que pour voir à quoi cela ressemblait. Je n'allais jamais bien loin, mais je crois que c'est à ce moment que ma femme est morte. En tout cas, je me suis retrouvé ici, où je vins à faire la connaissance de Fung-Tching. Je ne me rappelle pas très bien comment cela est arrivé ; mais il me parla de la Porte, et je pris l'habitude d'y venir, et, ce qui est sûr, c'est que je n'en suis jamais ressorti depuis. Il faut vous rappeler que la Porte était un endroit respectable au temps de Fung-Tching, où l'on était confortablement et pas du tout comme aux *chandoo-khanas* où vont les nègres. Non ; c'était propre et tranquille, pas encombré. Pour sûr, il y en avait d'autres que nous dix et l'homme ; mais nous avions toujours une natte par tête, avec un oreiller-coussin de laine ouatée, tout brodé de dragons noirs, rouges et d'un tas de choses ; tout comme sur le cercueil dans le coin.

À la fin de la troisième pipe les dragons se mettaient à danser et à se battre. Je les ai suivis des yeux pendant bien des nuits, bien des nuits. Je réglais ma consommation là-dessus, et maintenant il me faut une douzaine de pipes pour les faire bouger. En outre, ils sont tout en loques et très sales, comme les nattes, puis le vieux Fung-Tching est mort. Il mourut il y a deux ans, et me donna la pipe dont je me sers toujours maintenant, une pipe d'argent, avec des bêtes singulières qui rampent tout le long du réceptacle à la base du fourneau. Avant cela, je crois, je me servais d'une grosse tige de bambou à fourneau de cuivre, un tout petit fourneau, avec un bout de jade vert. Elle était un peu plus épaisse qu'une tige de canne ordinaire et très douce à fumer. Le bambou semblait boire la fumée. L'argent ne fait pas de même, et il faut le nettoyer de temps à autre, ce qui donne beaucoup de mal, mais je la fume en mémoire du vieux. Il a tiré bon profit de moi, mais il me donnait toujours des nattes et des coussins propres, et la meilleure marchandise qu'on pût se procurer nulle part.

Quand il mourut, son neveu Tsin-ling reprit la Porte, et il l'appela le « Temple des Trois Possessions » ; mais nous, les vieux, nous disons toujours les « Cent Mille Peines ». Le neveu fait les choses de façon très ladre, et je crois que la *Memsahib* doit l'y aider. Elle vit avec lui, comme elle faisait avec le vieux. À eux deux ils laissent entrer toutes sortes de bas peuple, des nègres et tout, et la Fumée Noire n'est pas aussi bonne que jadis. J'ai trouvé du son maintes et maintes fois dans ma pipe. Le vieux en serait mort si cela était arrivé de son temps. En outre, on ne nettoie jamais la chambre, et toutes les nattes sont déchirées et coupées sur les bords. Le cercueil est reparti pour la Chine — avec le vieux et deux onces de fumerie à l'intérieur pour le cas où il en aurait besoin en route.

Quant au Bon Dieu, on ne lui brûle plus autant de bâtons sous le nez qu'autrefois, c'est signe de malheur, sûr comme la mort. Il est tout noirci en outre, et personne ne s'en occupe plus. C'est la faute de la *Memsahib*, je le sais, car lorsque Tsin-ling se risquait à brûler du papier doré devant l'image, elle dit que c'était du gaspillage, et que s'il faisait brûler un bâtonnet à tout petit feu, le Bon Dieu n'y verrait pas de différence. De sorte que maintenant nous avons des bâtons à trois quarts de colle qui mettent une demi-heure de plus à brûler, et qui empoisonnent, sans compter déjà l'odeur de la chambre. Il n'y a pas moyen de faire d'affaires quand on se met à ces machines-là. Le Bon Dieu n'aime pas cela. Je m'en aperçois bien. Très avant dans la nuit, quelquefois, il prend toutes sortes de couleurs bizarres, bleu, vert et rouge, tout comme au temps où le vieux Fung-Tching vivait, et il roule les yeux et frappe du pied comme un diable.

Je ne sais pas pourquoi je ne quitte pas la maison pour m'en aller fumer tranquille au bazar dans une petite chambre à moi. Probable que Tsin-ling me tuerait si je m'en allais — il touche mes soixante roupies maintenant — en outre, ça me donnerait trop de peine, et je me suis pris à aimer la Porte pour de bon. Ce n'est pas grand'chose à voir. Plus du tout ce que c'était au temps du vieux, mais j'en ai tant vu entrer et sortir que je ne pourrais pas la quitter. Et j'en ai tant vu mourir ici sur les nattes que j'aurais peur de mourir dehors maintenant. J'ai vu des choses qu'on pourrait appeler étranges ; mais rien n'est étrange quand on est à la Fumée Noire, rien, excepté la Fumée Noire. Et même s'il en était autrement, cela ne ferait rien. Fung-Tching se montrait toujours très difficile sur le choix des clients et n'en admettait jamais qui auraient pu causer du désordre en mourant malproprement ou autre chose. Mais le neveu ne prend pas la moitié autant de soins. Il chante partout qu'il tient une maison de premier ordre. Mais il ne fait rien pour attirer le client, ni pour lui procurer ses aises, comme faisait Fung-Tching. C'est pourquoi la Porte est un peu plus conflue aujourd'hui qu'elle n'était auparavant, — parmi les nègres, cela va sans dire. Le neveu n'ose pas introduire un blanc, ni même, tant qu'à faire, un sang-mêlé dans la place. Il lui faut nous garder tous trois, naturellement — moi, la *Memsahib* et l'autre Eurasien, nous sommes les piliers de la maison ; mais il ne nous ferait pas crédit, pas pour une pipée — pas pour rien. Un de ces jours, j'espère, je mourrai à la Porte. Le

Persan et l'homme de Madras sont diablement ébranlés déjà. Ils ont pris un boy pour allumer leurs pipes. Je fais toujours cela moi-même. Plus que probablement je les verrai emporter avant moi. Je ne pense pas toutefois survivre à la *Memsahib* ni à Tsin-ling. Les femmes résistent plus longtemps que les hommes à la Fumée Noire, et Tsin-ling a une bonne pinte du sang du vieux dans les veines, quoiqu'il fume tout de même de la marchandise à bas prix. La femme du bazar a su deux jours auparavant, quand elle allait partir ; et elle est morte sur une natte propre avec un coussin bien ouaté, et le vieux suspendit sa pipe juste au-dessus du Bon Dieu. Il avait toujours eu quelque chose pour elle, j'imagine. Mais il prit ses bracelets tout de même.

J'aimerais mourir comme la femme du bazar — sur une nappe propre, bien fraîche, une pipe de bonne drogue entre les lèvres. Quand je sentirai que je m'en vais, je demanderai cela à Tsin-ling, et il pourra toucher mes soixante roupies, régulièrement, un mois après l'autre, aussi longtemps qu'il lui plaira. Alors je m'étendrai bien tranquille et à l'aise, pour regarder les dragons noirs et rouges combattre ensemble leur dernier grand combat ; puis…

Eh bien, quoi, cela ne fait rien. Rien ne m'importe guère — seulement je voudrais bien que Tsing-ling ne mette pas de on dans la Fumée Noire.

1. ↑ De la bonne sorte.
2. ↑ Scribes.
3. ↑ Faubourg de Lahore.